營繕師異譚 之貳

小野

目次

出版緣起 5
總導讀 7
芙蓉忌 15
關守 59
若聞君如松相待 113
宿魂 167
水之聲 233
正邦 283

出版緣起

恐怖（Horror）是絕佳的娛樂

獨步文化編輯部

人類爲什麼愛讀恐怖小說，愛看恐怖電影？

一手打造二十世紀之後最廣爲人知的恐怖小說世界觀「克蘇魯神話」的美國作家H.P.洛克萊夫特曾經說過：「人類最古老而強烈的情緒，是恐懼；最古老而強烈的恐懼，是對未知的恐懼。」可是在畏懼的同時，我們卻又忍不住要去揣摩想像，那未知的彼端究竟有些什麼在蠢蠢欲動。也因此，人類自古以來，就不停地講述恐怖、描寫恐怖、觀看恐怖，乃至於享受恐怖。就像「百物語」這個耳熟能詳的遊戲，明知講完一百個鬼故事，吹熄一百根蠟燭後，可能會有某種未知的存在到訪，人們仍然熱中於此，樂此不疲。這種害怕並期待著、恐懼並享受著的複雜情緒，不正是恐怖永遠是絕佳娛樂的證明嗎？

許多作家長年以來持續地描寫這股「古老而強烈」並且十分複雜的情緒，成爲了歷久不衰的文學類型，當然在日本也不例外。從歷史悠久的江戶時代怪談，到現在的小說、漫畫，從電影到電玩，各種恐怖（Horror）相關產品不停出現，持續演化，成爲日本大眾文化重要的組成元素，和推理小說並列爲日本大眾文學的台柱。許多台灣讀者熟悉的作家，如：京極夏彥、宮部美幸、小野不由美等等，也都發表過許多精采絕倫、引人入勝的恐怖小說。藉由他們的努力，恐怖小說也不斷進化、蛻變，展現出各種不同的風貌。

將好看的小說介紹給台灣讀者，一直是獨步文化最重要的經營方針。早在創社之初，獨步便有經營日本恐怖小說的計畫。和推理小說同樣有著長遠歷史以及多元發展的日本恐怖小說，所帶來的樂趣完全不遜於推理小說。在數年的努力之下，多采多姿的日本推理小說在台灣獲得許多讀者的喜愛與肯定，我們認爲現在正是邀請台灣讀者來體驗另外一種同樣精采迷人的閱讀樂趣的好時機。

經過縝密的規畫，獨步推出全新的恐怖小說書系——「恠」。引介最當紅的日本恐怖小說家，非讀不可的經典恐怖小說，期望帶給你一種宛如夏夜微風，輕輕拂過頸後的閱讀體驗。

總導讀

你的後面或許有人，那又怎樣呢？

曲辰

且讓我假設你現在是獨自一人坐在房間裡翻看這篇導讀，那麼，我懇求你，暫時放下這本書，閉上眼睛，傾聽你所能聽到的最細微的聲音。

想像一下，那些爬搔聲、撞擊聲、腳步聲或是隱隱的呼吸聲究竟來自哪裡。你眞的確定那些聲響來自窗外嗎？或者，你以爲是浴室的漏水聲，其實是某人緩緩潛入你家，躡手躡腳地企圖闖進你的房間呢？

H. P. 洛克萊夫特說：「人類最古老而強烈的情緒，是恐懼；最古老而強烈的恐懼，是對未知的恐懼。」這邊的未知可不僅止於你從未去過的歪扭小鎭，畢竟你怎麼知道閉上眼睛，你的房間到底還是不是原來的樣子？

於是，爲了探索你閉上眼睛後這個世界的樣貌，恐怖小說誕生了。

裸體美婦脫掉了那層皮，成為一個骷髏

有人認為，小說源自古代人們圍坐在火堆邊講故事的形式。想像一下那個畫面，似乎很容易理解為什麼小時候參加營隊，總會有個晚上莫名其妙輪流講起鬼故事，然後在一陣戰慄中結束彼此嚇自己的行為。恐怖小說的起源或許就是這樣的。

在西方文類而言，恐怖小說（horror fiction）一般都是自哥德小說（註一）（gothic novel）開始劃分，畢竟具備「不斷探索邊界」意義的哥德小說，本身就有展現未知之境的功能，進而演化出「讓人感到恐怖的虛構小說」這樣的定義。也因此，我們可以說西方的恐怖小說誕生於「一個威脅性的祕密，一個古老的詛咒，以及奇妙的大宅，與纖細的女主角」這些哥德式的要素，從而構成日後西方恐怖小說的基本條件，也就是你總是要「觸犯」某個結界似的空間，你才遭遇到恐怖。

要在此說明的是，「恐怖小說」如果我們稱之為一種文類（literary genre），似乎是一種外來的類型文學，但就像奇幻小說（fantasy）先以外來文類的姿態進入華文世界（如《龍槍編年史》、《魔戒》等西洋文本），讀者在理解這些文本是被劃分到「奇幻」的文類範疇的同時，也針對某種內在特徵相符的概念（如「超現實」、「人神共處」）

註一：Gothic 最早是指日爾曼民族中的哥德人，後逐漸變為中古時期的形容詞。十八世紀，理性主義與啟蒙運動影響英國，文學作品多半具有強烈的現實性，這時哥德小說成為對抗那種理性主義的存在，於是，不管是不是把背景設定在中世紀，都可看見如同夢魘般的恐懼感，裡頭充滿對異世界的探討與渴望。

繼而回溯到如《封神演義》、《西遊記》這類的中國古典小說脈絡中。但在台灣，講到「恐怖小說」，應該所有人都會聯想到如《聊齋誌異》之類的中國特有文學類型。

日本也是一樣，早在「恐怖小說」（ホラー）這個詞出現之前，屬於日本自身的恐怖形式就已存在。

撬開棺材，一個嬰兒正蜷縮在母親屍骨上沉沉睡去

日本恐怖小說的前行脈絡大致可分爲三種。

一是日本從室町幕府以來就有的「百物語」傳統，大家聚集在一起講鬼故事，據說講滿一百個鬼故事就會有不可思議之事發生，後來更進入通俗讀本中，並轉進歌舞伎、落語等等大眾娛樂發展；一是佛教的傳入，僧侶們爲了講述艱澀的教義，因此擷取佛經中的譬喻，結合日本原有的風土民情，創作出屬於日本在地的教喻故事（註二），特別是佛教的因果思想與日本原有的泛靈信仰（註三）合流，許多帶有靈異色彩的口傳故事逐漸流傳開來；最後是文人創作，如淺井了意《伽婢子》或上田秋成《雨月物語》，他們一方面承襲佛教的因果輪迴觀點，一方面改寫中國的志怪小說，將之書面化、在地化，催生出屬於日本的恐怖書寫形式。

註二：這種形式在中國唐朝時期就有了，我們稱之爲「講唱」，後來更成爲宋朝時期的「說話」。

註三：一種信仰形式，並非一神或多神，而是相信凡物皆有靈，凡靈皆可成妖怪或神。

但眞正在二十世紀初對這樣的恐怖脈絡進行總整理的，則是一個希臘人Patrick Lafcadio Hearn，他比較爲人所知的名字是「小泉八雲」。他以一個外來者/異邦人的視角，敏銳地發現上述脈絡，於是對當時盛行的恐怖書寫形式進行整理，結合書面與口傳文學的特色，「翻譯/改寫」成英文發表出去。而後翻回日文，進而對日本自身的恐怖小說傳統造成影響。

也就是在他的總結中，怪談有別於歐美恐怖小說的部分被凸顯，除了西方未有的強烈因果信仰與「靈」的形式外，與歐美恐怖小說總是喜歡讓主角「誤觸險地」不同，日本怪談中洋溢著日常性，恐怖本來就存在我們生活周遭，並非人刻意闖入，只是「剛好」碰觸到現世與他世的邊界。更重要的，或許是怪談中那種強調「氣氛」而非實質暴力或恐怖行爲的恐怖描寫，日後甚至透過日本恐怖電影（J-horror）反過來影響歐美的恐怖電影，成爲日本難得「文化逆輸入」的範例。

吃完牛排打開冰箱，男友的頭擱在裡頭正瞪著我

在小泉八雲對江戶以來的怪談傳統進行總整理後，明治末期受到歐美心靈科學流行的影響，怪談又掀起一波熱潮，只是這時怪談逐漸受到理性的壓抑，於是建立了「尋找

解釋」的模式，改變怪談原本不需理由就遭遇恐怖的敘事方法。而後七〇年代流行的心靈節目、靈異照片等等，更讓怪談本身的「怪異」爲理性籠罩。

於是，雖然這段時間流行怪談，但多以鬼故事形態的「百物語」形式出現，幾乎沒有稱得上是虛構文類的「恐怖小說」。這段期間恐怖小說得依附推理小說生存，或反過來說，推理小說成爲培植恐怖小說的土壤。

同樣是恐怖文本的恐怖電影史，曾經被人形容爲「在本質上就是二十世紀的焦慮史」，恐怖小說也是，這個文類其實準確地反映當代人的集體恐慌。所以，九〇年代初期，由於泡沫經濟與當時的社會主義大崩壞，那個「解決可能性」（一切社經相關問題皆有可能解決）的時代已經過去，取而代之的則是「解決不可能性」（一切問題皆不可能解決）的時代逐漸顯露。加上八〇年代史蒂芬·金的作品被翻譯進入日本，在某些閱讀族群中獲得相當熱烈的歡迎與反應，日本才開始書寫「現代恐怖小說」。

日本文藝評論家高橋敏夫認爲，我們在「搭乘現代社會這個交通工具時，偶然與恐怖小說共乘」，恐怖小說中描繪的非眞實場景正巧形成一個相對於現世的參照系統。於是，日本現代恐怖小說在承襲怪談傳統的同時，也針對現代人的感性結構反映出現代社會的情況。描寫那些潛伏日常生活的細節、在習以爲常的城市角落發生的恐怖，過去從未見過的人際疏離、科技恐慌、對宗教與心靈的質疑，在這個時候都陸續進入恐怖小說中。

一九九三年，角川成立恐怖小說書系以及日本恐怖小說大獎（註一），「恐怖小說元年」正式成爲宣傳詞，從此，日本恐怖小說開始在出版市場有著一席之地。

地球上最後一個活人獨自坐在房間裡，這時響起了敲門聲

如今，二十一世紀都過了第一個十年了，日本恐怖小說的類型也益發多樣化。

怪談方面，由京極夏彥與東雅夫在《怪與幽》雜誌上提倡的「現代怪談」運動正如火如荼，京極不僅積極賦予傳統怪談現代風味與意義，也積極創作「在日常的都市縫隙中遇到非日常的怪異」的現代怪談；木原浩勝與中山市朗則復古地學習「百物語」，到處收集鬼故事並改寫成「新耳袋」系列，兩邊可說是從不同方向延續怪談這種日本文類的命脈。

現代恐怖小說方面，角川的日本恐怖小說大獎則繼續挖掘具現代感性的優秀恐怖小說（註二），不僅有帶科幻風味的貴志祐介、小林泰三、瀬名秀明，強調日式民俗感的岩井志麻子、坂東眞砂子，走獵奇風格的遠藤徹、飴村行，或是強調現代清爽日式風格的

註一：此獎項在2019年和橫溝正史推理小說大獎合併爲「橫溝正史推理及恐怖小說大獎」。

朱川湊人、恒川光太郎。創作遊走在各種類型之間的恐怖小說家也愈來愈多，三津田信三在推理與恐怖之間架起高空鋼索，走在上面展現他精湛的說故事技巧；藤木稟則是將日式奇幻的華麗色彩，結合西方的哥德原鄉，進而開創屬於自己的風格。到這階段，日本的恐怖小說可說是應有盡有。

講鬼故事有一個基本技巧，就是在聲音愈壓愈低的時候，要忽然拔高，喊著「那個人就在你後面」，用氣勢震駭聽眾。可是如今的恐怖小說，早就沒那麼簡單了，「你的後面有人」是前提，接下來會發生什麼事，才是重點。

就像在名爲恐怖小說的森林地上長滿眞菌一般，乍看陰沉而茫濛，但當你習慣夜色、找到對的觀看角度，才會發現他們款擺出誇張、陰溼、幽微、鮮豔、各式各樣不同的顏色與姿態，而那些東西加總起來，便是我們內心不欲人知的另一半世界。

猜猜看，閉上眼睛後，你的世界會變成怎樣？

曲辰，現居打狗，認爲推理小說與恐怖小說剛好是現代文明的一體兩面，所以都要攝取以保持營養均衡。不過被恐怖電影嚇到時，會惱羞成怒地抱怨導演技巧拙劣，看到太可怕的恐怖小說會在晚上的夢中把結局扭轉，這樣才能保持身心的健康。

註二：其實這個獎本身就有很傳奇的事件，從第一屆起，即有「單數屆的恐怖小說大賞一定會首獎從缺」的都市傳說，直到第十三、十四屆連續從缺才打破紀錄。不過到第十八屆又從缺，不知道之後會不會變成偶數屆從缺。

芙蓉忌

女子就在牆壁另一頭。

從貴樹當成書房使用的房間，可以窺見住在鄰家的女子。

她年約二十出頭，身形瘦小。應是藝妓之類的身分，梳起一頭烏黑豐盈的秀髮，穿著一身華豔的和服。她有時會解開髮髻，梳理長髮，或是將洗好的髮絲紮成一束，搖著團扇搧風。這種時候，女子是慣常的浴衣穿扮，但別的日子，身上是歪斜的條紋和服，或是不整的襦袢（註）。

女子對貴樹展現的，多半是略微側向一邊的背影，因此無法看清相貌五官。不過低垂的細頸線條裊娜，而且白皙到近乎通透。也許是抱病在身，那種白予人病態的印象。女子似乎絕少出門，總是待在陰暗狹小的房間裡，過著幽禁似的日子。

女子會對著矮書桌寫東西，其他日子則是托腮沉思，或是對鏡點唇。就連塗抹胭脂時，都顯得哀豔，貴樹從來不曾看見女子露出神采奕奕的模樣。倒不如說，女子有股得將她繫在這裡，否則會煙消雲散的神態。

不知何故，女子那模樣讓貴樹聯想到芙蓉花。彷彿稍褪了色的淡紅色花朵，那顏色是叫「退紅」嗎？之所以讓人覺得虛幻哀婉，是因爲芙蓉花是朝開夕凋的一日花，還是附近墓地那棵大芙蓉樹的印象太深刻？

註：襦袢是穿在和服最內側的襯衣。

女子在幽暗的房間裡，如隨風搖擺的芙蓉枝般，浮游度日。似乎無人拜訪，亦沒有說話的對象，因此貴樹從未聽過女子的話聲。不過，女子多次以袖掩面，吞聲飲泣，因此唯有那隱忍之聲，貴樹已十分耳熟。

他不知道女子為何傷心，但是與她反覆展讀的信件應該不無關係。由於距離的關係，看不到文面，因此也不清楚那筆跡是男是女。是心上人的來信？或是思念之人的消息？女子愛憐地一讀再讀，潸然淚下。這時女子必定會別開臉去，彷彿不願讓淚珠沾濕了信紙。每次那白皙的頸項，以及更勝一籌，白到甚至泛青的耳後便格外奪目刺眼。

女子鎮日待在房間裡。因此貴樹也鎮日看顧著女子——儘管心中某處感覺這樣的自己不太正常。

貴樹是在回到老家半個月以後，發現了那名女子。

老家是老街區裡的町屋，位在小城下町的一區，據說這裡過去是花街，但現在已無跡可尋。筆直的大馬路兩邊林立著新舊交錯的住宅，就只是這樣的一條路而已。不過，有兩、三家料亭（註）碩果僅存，供人緬懷昔日風華。

貴樹只在這幢老屋住了高中三年。上大學的時候，他搬出家裡，離鄉背井，此後就一直留在大學。即使遇上長假，也忙於課業和打工，回老家的次數屈指可數。不管是對故鄉、老家還是家人，他都沒有什麼感情，連自己都覺得過於冷漠。儘管如此，時隔十年以上，他又回來了。因爲他已經認清，即使執著於學業，也沒有前途，只會爲了糊口而忙於打工，逐漸磨耗身心。

貴樹離鄉期間，父母和弟弟都已經離世。無人居住的老家原請祖母照料，但如今祖母也不在了。其實也可以在祖母過世的時候賣掉老家。只住過三年的屋子，沒有任何像樣的回憶。然而貴樹選擇了回來——也許應該說，是放棄了不回來的選項。

回來是回來了，但對於往後的日子，卻也沒有任何展望。儘管父母留下了些許積蓄，可是他沒有工作，也沒有想做的事。原本他考慮當個老師，研究則當成興趣繼續下去，卻不知道能否在故鄉謀得教職，甚至連有無開缺都不曉得。這種時候，若是有父母或親戚，還可以靠門路找工作。不巧的是，貴樹沒有這樣的親戚，爲數不多的朋友也全都離鄉升學，留在異地工作了。沒有血緣，也沒有地緣，如此一來，這裡幾乎形同毫無瓜葛的土地。在無依無靠的異鄉，只有名爲「老家」的容器存在於這裡。

總之，只要住在老家，就省了房租開銷。不知幸或不幸，他也沒有必須扶養的妻小。只求一個人溫飽的話，總有法子過下去吧——即使遲早會窮途末路，孤獨死去。會

註：料亭爲日本傳統高級餐館。

覺得這樣亦無不可，也許是因爲飽受挫折的心灰意懶，讓貴樹整個人宛如槁木死灰。

不過能察覺到自己的心灰意懶，還算有救吧。無所事事地放空一陣，或許又能積極振作起來。貴樹這麼告訴自己，打掃起老屋。

貴樹即將升高一，弟弟升中三那年的三月，他們舉家遷進這棟屋子。

一家原本住在徒步十五分鐘外的公寓，父母從朋友那裡買下了這棟屋子。貴樹也不知道屋齡多久了，從父母購屋搬進來的那時候，這屋子就老舊狹小陰暗，年久失修。貴樹也沒聽說父母怎麼會決定買下這裡，應該也不是特別喜歡老建築。再說，這也不是什麼古色古香，造型令人欣賞的建築物。就只是一棟老房子，哪裡壞修哪裡，勉強堪住而已。他覺得應該是價格低廉才會買下。也許父母原本打算早晚要翻修或改建，卻也從未實際聽他們提起。當時貴樹也不是會好奇這種事的年紀，而且要說的話，他不怎麼喜歡這棟老房子。對貴樹這個高中生來說，這屋子實在是太舊、太破了。猶記得當時他大失所望，好不容易要買自己的房子，何必挑這種破屋？

離家十年的期間，屋子似乎更加破敗了。打掃之後，儘管拭去了灰塵，沉澱在家中的幽暗卻無從拂去。建築物面狹窄，進深長，左右連著鄰家，只有前後有窗，但窗戶也因為屋前深邃的屋簷和粗木格，再加上霧面玻璃，採光極糟。屋後雖然有緣廊和聊備一格的庭院，但因為加蓋了洗滌場，變得扭曲狹窄。而且兩側被鄰家高聳的土牆包夾，使得庭院無法發揮採光或通風的功效。也許是這個緣故，縱使屋前屋後的窗戶全部打開，屋子裡仍時刻彌漫著一股隱隱的腐臭。

昏暗的一樓，雜亂地殘留著父母生活的痕跡。其中看不到絲毫要整潔舒適地過生活的意志，只要能吃能睡打發時間就好的厭世感受，與老屋子的氣味同樣地沉澱在屋內。

貴樹把行李搬上去的二樓也悶著相同的空氣。二樓有三個房間，但中央的房間沒有窗戶，又面對樓梯，只能當成通道兼儲藏室。前後兩個房間，貴樹把屋前的一間當成自己的房間。屋後的那間面對後院，打開窗戶便理所當然可以看到戶外景色。雖然稱不上什麼景致，但總比窗戶被格欄封住的前間要好多了——剛搬進這屋子的時候，他語帶施恩地這麼說，把後間讓給弟弟住，但其實後間可以俯視庭院的窗戶，設有聊勝於無的晾衣架。貴樹就是預見母親晾衣服的時候一定會進出房間，才選了前面那一間。也因此他招來弟弟的怨恨，但那個晾衣架也因為過於老舊，原本就搖搖欲墜，結果在搬來的那天夏天就被颱風吹壞拆掉了。

少了晾衣架，打開窗戶，就只有這裡陽光傾灑，清風吹入。貴樹決定將返鄉時寄回的大量書籍放在這間房間，正在整理書櫃時，聽見了細微的三味線琴聲。

貴樹對傳統音樂一竅不通，因此雖然聽出這音色似乎是三味線，卻不知道曲名，也聽不出斷斷續續的撥弦是巧是拙。但是那彷彿被遺棄的曲調，與他的心境十分契合。琴聲似乎是從左鄰傳來的。

——是哪一戶人家？

這個街區過去是花街，房屋分布相當複雜。貴樹家是從大馬路筆直通往後院，是俗稱「鰻魚床鋪」式的狹長建築物，但相隔一道牆壁的另一頭會是哪戶人家，完全沒個準。照常理來看，應該會是左鄰人家，但鄰家的建築物應該沒有貴樹家那麼深。以前貴樹還住在老家時，隔壁是一對老夫婦開的蕎麥麵店。一樓是店面，二樓是住家，屋子很小，他光顧過幾次，知道建築物的進深只有自家一半左右。

是再過去的一戶，屋後彎折過來嗎？或是後方人家的延續？仔細想想，就連自家小得可憐的後院面對的建築物是哪一戶，貴樹都不太清楚。

從二樓窗戶往下看，庭院右邊的建築，似乎和貴樹家一樣是後來增建的。院子正面到左邊，築起了一道相當宏偉的土牆。不是貴樹家的圍牆。從土牆的樣式，以及牆內修剪得宜、圓滾茂密的樹木來看，會不會是右邊第二戶的老料亭？據說那家料亭頗有規模，面對馬路的店面卻不怎麼大。或許其實它的後方整個圍住了貴樹家和右邊人家。

——最重要的是，這樣一想，三味線的琴聲也像是來自料亭的絲竹之聲。

琴聲清澈幽淡。說到三味線，第一個會想到津輕三味線那種威風凜凜的琴聲，但似乎不同於此。就像同一種弦樂器有大小之分，三味線也有不同的尺寸嗎？如果有的話，他覺得是較小的一種。

是在練琴，或是信手撥弄？斷斷續續的琴聲毫不強勢，悅耳宜人。

貴樹暗自苦笑，這若是熟悉的曲子，一定會為了遲遲不出來的下一句弦律而心煩氣躁吧。或許正因爲是陌生的曲子、不熟悉的曲調，才會感覺低調內斂。

是什麼人在彈琴？——貴樹好奇起來，從窗戶探出上身，窺看隔壁，但隔壁建築物似乎較爲內縮，只能看到二樓上方瓦頂的部分屋簷。

他篤定一定就在這道牆的另一頭，張望老舊的土牆，隨手挪開了弟弟留下的鏡子。面對鄰家的牆壁中央擺了一座高及腰部的書櫃。挪開櫃上的縱長型鏡子，柱子與牆壁之間有一道深深的隙縫。破這麼一個大洞，沒問題嗎？貴樹把臉湊上去，竟在另一頭看見了人影。狹窄昏暗的房間裡，有個抱著三味線而坐的女子背影。

貴樹一驚——接著感到心虛，連忙退開。

難不成這道牆壁和鄰家是共用的？還是建築物貼得太近？然後隔壁人家的窗戶對著狹窄的屋縫敞開？

貴樹將鏡子放回原位，赫然發現，牆縫在臉部位置的高度特別寬，相當不自然。搞不好是弟弟故意挖開的。

想到這裡，他恍然悟出一件事。

颱風吹壞了晾衣架並拆除後，弟弟就開始不對勁了。弟弟原本和貴樹不同，是個陽光活潑的少年，但不知道在學校發生了什麼事，自秋天以後，就開始排斥上學了。表情變得陰沉，話也變少了。貴樹一反常態，關心地探問理由，弟弟卻頑固地不肯多說。沒多久，弟弟開始足不出戶，最後關在自己的房間不出來了。偶爾進他房間，他也露骨地擺出厭惡的態度。而且房間也變得很古怪，原本在窗邊的書桌，刻意挪到牆邊靠中間最礙事的位置。結果床鋪失去合適的擺放地點，推到房門處，搞到書桌和床鋪之間無處擺放椅子，弟弟便坐在床上面對書桌。牆邊就像現在這樣，擺了個矮書櫃，但當時因爲被床鋪和書桌擋住，幾乎無法使用。然而窗邊卻毫無意義地空出約通道寬度的空間。感覺這樣的混亂，反映出弟弟精神上的紛擾。床擺在一打開紙門就會撞到的地方，顯然是一堵障壁。必須跨過床才能進房間。感覺弟弟藉由在那裡設置障壁，拒絕家人。每次從紙門縫窺看房間內，都會看到坐在床上對著書桌的弟弟背影。但就連門縫，也因爲冬天弟弟一句「很冷」，在門框掛上毯子遮住了。障壁變成了兩道。必須推開紙門，掀開毯子，再跨過床鋪，才能進入弟弟的領域。

貴樹認爲這是青少年的必經時期，坦然接受了弟弟這種狀態，但父母氣急敗壞，大動肝火。父母想要把弟弟從房間裡拖出來，弟弟抵死不從，而貴樹就在雙方的攻防戰之中離開了家裡。實際上他是受夠了。一段時間後，父母放棄了——他認爲是放棄了。父母小心翼翼地對待弟弟，只是不知所措地遠遠看著他。他們無計可施，將一切心力耗在看顧弟弟上，完全放棄了自己的生活。貴樹上大學以後幾乎沒有返鄉回家，也是因爲不想看到這樣的弟弟和父母。

弟弟爲何會如此強烈地拒絕家人，封閉在自己的殼裡？是在學校發生了很嚴重的事嗎？貴樹一直漠然地這麼以爲，但現在他覺得或許有不同的理由。弟弟會毫無來由，長年來就這麼關在房間裡，是不是出於更不同的理由？

坐在床上，對著書桌，只要稍微扭轉身體，隙縫剛好就在視線高度——貴樹覺得是這樣的相關位置。

儘管如今已無從確定了。弟弟以前的床鋪和書桌，都在貴樹離家的期間處理掉了。弟弟死在床上。一如往常，坐在平常的位置，割斷了自己的脖子。父母將封閉自己的弟弟的死亡，和染滿血跡的書桌及床鋪一起丟棄，然後宛如靜靜地油盡燈枯一般，相繼離世。

弟弟會不會是從隙縫間看著這名女子？弟弟是在六年前過世，那個時候，女子幾歲？

貴樹想要確認，挪開鏡子，再次湊近隙縫。

狹窄的視野中出現女子的背影。也許是剛洗完頭，一頭濕髮束在身後，低著頭撥弄著三味線。紅色和服是
襦袢嗎？紮在胸上的白色繫帶更突顯出裊娜的身姿。

從背影看不出年紀，但感覺應該沒有多大。若隱若現的臉頰線條還很年輕，弟弟還在世的時候，女子會不會還是個少女？

——到底是怎樣的女人？好想見她一面。

貴樹唐突地想。

雖然不知道理由，但自囚在這間房間裡的弟弟，或許一直守望著那名少女。少女應該不知情，但她一直陪伴著孤獨的弟弟。

回想起來，他們兄弟感情並不算好。所以貴樹更想會會女子了，但總不能說出是偷窺到她的。他尋思該怎麼做才好，不知不覺間，觀察女子成了他的例行公事。

女子幾乎都在房間。從隙縫看到的那個房間似乎是起居室，靠屋前的鄰間是臥室。小巧的房間裡有矮櫃、鏡台和一張矮書桌。女子會對著矮書桌以鉛筆寫字，讀信。然後趴在桌上——或是雙手掩面，以袖口捂著臉飲泣。那模樣教人肝腸寸斷，貴樹無法別開目光。有時女子會彈三味線，或是旁邊放著針線盒，爲襦袢縫衣領。這種時候，女子顯得格外童稚。應該是不擅長針線活吧，全神貫注在手上，毫無防備的肩膀和背部線條總顯得孩子氣。

要是知道她的芳名，就可以上料亭指名她了——貴樹這麼想，但他不知道藝妓實際上要怎麼召才好，再說，他也沒有方法得知她的名字。沒有人去過她的房間，甚至沒有人去叫她。或許她也和弟弟一樣，關在那個房間足不出戶嗎？那麼她會不會是料亭的女兒，或是近親？

那家料亭住著哪些人？貴樹回想，卻想不到具體的臉孔和名字。雖然住在同一條街，但貴樹只在這裡生活了短短三年。如果有同齡的孩子或許會不同，但他與鄰近街坊毫無往來。父母應該也幾乎沒有和鄰居打交道。他們本來就不是這條街的人，一搬來又遇到弟弟的事，整天顧著弟弟，疏忽了敦親睦鄰，結果未能融入老街，就這樣離世了。

貴樹正浮想聯翩，結果原本坐在桌前發愣的女子站了起來。她踩著虛浮的腳步消失到屋前——隔壁房間。貴樹輕嘆了一口氣，自己也站了起來。走到窗邊正想開窗，發現一名男子赫然就在近處。

他嚇了一跳，但定睛一看，男子站在以細圓木組成的三角木頭架上——那叫馬梯嗎？——正攀著土牆另一頭沉甸甸地伸展枝椏的松樹枝。手上拿著剪刀，腰上繫著插有鋸子的皮帶，應該是園丁。是個體格精實的年輕男子，他正停下手來，直盯著鄰家看。

——鄰家。

男子從二樓高度的馬梯上盯著看的，顯然是女子所在的房間。他表情僵硬、嚴肅，看得目不轉睛。從那甚至有些凶險的表情，可以看出強烈的情緒——陰暗，而且是否定的感情。

難道他也在看她？絕非受到好奇心驅使，也非溫柔守望的那神情，散發出某種危險的氣息。

貴樹立下決心，打開窗戶。可能是聽見卡住不順的開窗聲，男子吃驚地回頭看這裡。接著他尷尬地垂下頭，匆匆忙忙地爬下馬梯——彷彿逃之夭夭。

貴樹站在窗邊，看著男子的身影消失的方位。土牆另一頭傳來撥開樹木的沙沙聲響。

貴樹強烈地想見那女子。非得見她不可——他興起如此迫切的念頭。

隔天貴樹立下決心，拜訪相隔一戶的料亭。還不到傍晚，店面一片寂靜，也許距離料亭營業還有段時間。他叫住正在打掃的員工，告知來意，裝扮清爽的老闆娘出來招呼。貴樹報上名字，說自己是相隔一戶的鄰居，老闆娘立刻露出「啊」的表情。

這是個守舊的街區，弟弟的事當然人盡皆知。

「我搬回來這裡了。」

貴樹說，遞出糕餅禮盒。總不能劈頭就說「讓我見那女人」，他絞盡腦汁，採取了向鄰居打招呼，通知自己遷回此處的做法。

「我記得我們家左邊也是府上的建築物，所以也算是鄰居。」

「啊，您太客氣了。」

老闆娘笑道。年紀應該已經步入初老，但富態的外貌散發出雍容華貴的氣質。

「我聽說隔壁家大兒子是大學老師，眞不簡單。」

「只是個小助教而已，而且我是辭職回來的。」

「這樣啊……」

「暫時要找工作了。我是個夜貓子，或許會吵到隔壁鄰居，如果有任何打擾，請不用客氣，隨時告訴我。」

貴樹說，老闆娘一瞬間露出訝異的表情，很快地轉爲恍然大悟的笑容。

「那屋子……哦，那邊已經沒有人住了。」

「咦？」貴樹輕聲驚呼，「可是，有時候我會聽到三味線的聲音……」

「是嗎？那應該不是我們家。那裡以前——一直到上一代，都是員工宿舍，不過現在已經變成儲藏室了。」

老闆娘如此說明。她說建築物非常破舊，不適合居住，而且也已經過了雇員工包吃住的時代了。現在一樓是員工休息室，但基本上空房間都成了儲藏室。

「而且我們也沒有會彈三味線的員工。」

「沒有藝妓嗎？」

貴樹問，老闆娘笑出聲來：

「這一帶早就沒有藝妓了。雖然我小時候還有幾個。對……那個年代的話，也是聽得到三味線的琴聲。」

貴樹吞吞吐吐地又問：

「可是隔壁眞的有人。一定就是那個人在彈三味線。我過世的弟弟……也說過隔壁住著藝妓。」

老闆娘蹙起眉頭，沉默了半晌。片刻後她說：

「我想應該是誤會。那裡眞的沒有人，還是您要上去看看？」

「不……」

貴樹忍不住支吾起來。其實他很想一探究竟，但這樣就像在指控老闆娘撒謊，令人尷尬。老闆娘彷彿看透了貴樹的困窘，柔和地笑道：

「我覺得您親眼去看一下比較好。不嫌棄的話，請進。」

她再三敦促後，貴樹點頭答應。

老闆娘將貴樹引至建築物深處。長長的走廊一邊是一間間包廂，另一邊面對精心整理的院落。樹木深處是一片漆成白色的土牆。

貴樹隨著老闆娘彎過長長的走廊，問：

「現在已經沒有藝妓了嗎？」

「是的。戰後沒有多久，檢番就廢除了。檢番就是藝妓設籍的地方——就類似職業工會。藝妓隸屬於置屋，置屋登記在檢番。召藝妓的料亭也登記在檢番，由檢番安排要派誰去哪裡。不過在我小時候，檢番就廢除了。現在這一區沒有藝妓，就算是那時候，也沒有藝妓會住在料亭。藝妓都是住在置屋的。」

老闆娘說著，繼續彎過走廊，打開深處的木板門。門板另一頭的氣氛截然不同，再過去應該是員工的領域。

「置屋也全部關掉了。雖然爲數不多，但有些藝妓應該留下來了，只是我也不知道她們流落何方。在我小時候，町內是有藝妓出身的婦人，但我也不清楚詳情。」

因爲大人不肯多說，而且有種不可以探究的氛圍——老闆娘說。

老闆娘打開短廊另一端的玻璃門。走廊左邊有兩間和室，雜亂地堆放各種物品，擺了張小矮桌。沒有人影，但桌上留著茶杯，周圍放著隨身物品，應該眞的是員工休息室。沒看到員工人影，現在應該正忙著爲開店做準備。

走廊中間左右，有上二樓的陡梯。

「小心腳下。」

老闆娘說，領頭走上二樓。樓梯極陡，而且踏面狹窄，又沒有扶手，確實十分危險。上樓之後是一條短廊，一樣面對兩間房間。老闆娘打開浮現污漬的紙門，是兩間約六張榻榻米大的和室。一間面向庭院，格局像客廳，另一間只有壁櫥，連窗戶都沒有，宛如地窖。這兩個房間都堆滿了雜亂的物品，積著灰塵。不光是無人居住，也長期無人進出的樣子。

「您說的隔壁……是這個房間嗎？」

老闆娘指的是靠屋後的那間。面對庭院的地方有窗，兩側被牆壁擋住。被老闆娘這麼一說再細看，有眼熟的壁龕，裡面塞滿雜物。另一間——前面的房間，面對鄰家的一側是壁櫥，因此可以偷窺到的房間，就只有後面這一間。庭院那一面是老玻璃門，窗外可以看到木製扶手。似乎沒有遮雨板。

「這道牆壁的另一邊，應該就是府上。」

老闆娘手扶的牆壁沒有開口，只有一面和貴樹家一樣的老舊土牆。牆壁中央有一根柱子，柱旁和貴樹家一樣，有一道漆黑的隙縫。

貴樹盯著完全封閉的牆壁，接著把臉湊近隙縫。儘管看得到微光，但無法看見戶外景色。走近落地窗邊，從玻璃門往外看。老舊的木板牆建築物直逼眼前，再過去則是被土牆圍繞的庭院。確實是貴樹家沒錯。

貴樹茫然回望老闆娘，後者表情複雜地看著貴樹。

「我聽說這棟建築物原本是前面人家的一部分，幾年前是開蕎麥麵店。」

「嗯，我知道。」

貴樹說，老闆娘點了點頭。

「好像是那一戶另外獨立的屋子。聽說在開蕎麥麵店許多年以前是置屋，後來置屋關了，屋主離開，所以我們家在戰前就只買下了後面的這棟小屋子。據說是戰爭爆發前——滿州事變（註）好幾年前的事，所以開置屋是比這更早以前的事了吧。」

「昭和時代……以前……」

「那個時候的話，應該也有藝妓住在這裡吧。」

老闆娘說完，迎視著貴樹說：

「如果令弟看過藝妓，那應該不是這個世上的人。」

原來如此，貴樹想，原來那是殘留在這棟建築物裡的記憶嗎？

「……我明白了。打擾您了，真是抱歉。」

貴樹行禮道，老闆娘輕嘆了一口氣。

「把您帶到這麼髒亂的地方，真是不好意思。不嫌棄的話，喝杯茶再走，好嗎？」

不過貴樹堅決婉拒了。在離開建築物的路上回頭看，穿廊有處地方可以看到整棟建築物的外觀。貴樹家與相鄰的建築物有著約十五公分的隙縫，看得出牆壁絕非緊貼在一起——說起來，從那道隙縫，根本不可能看見隔壁人家室內。

「……以前是置屋的時候，是不是有藝妓在裡面過世呢？」

貴樹在走廊上邊走邊問。

「當然有吧。那是昭和以前的事，應該是簽了賣身契的。如果未能贖身就死去，遺骨不是送回家，就是置屋幫忙蓋個墓吧。再過去那邊……」

老闆娘指著與昔日花街後方相鄰的寺町說：

「那邊的寺院土地，現在還有置屋蓋的墓地。我們也會去那裡參拜。」

「這樣啊。多謝老闆娘。」

貴樹正打算告辭，老闆娘猶豫地開口：

「突然把您帶去那種地方，您一定覺得很奇怪……其實，以前也有人要求想見住在那裡的人。」

貴樹吃了一驚。

「那個人很年輕，才高中生年紀。我沒有問他名字，不過會不會是令弟？」

註：即九一八事變。

「那個時候，那裡……」

「我應該帶他去看的，但那裡就像您剛才看到的那樣，又髒又亂，不好見人，所以我告訴他那裡沒有人住。他說不可能，但我實在不懂他怎麼會說沒有人住的地方有人……」

老闆娘說，她叫剛好經過的員工作證那裡沒有住人，弟弟便生氣地離開了。

「這樣啊……」

貴樹再次向老闆娘道謝，走出料亭精緻的玄關。

門口兩側，老房子綿延不斷。不遠處與一條前後延伸的道路相交。彎過那個路口，就是寺町。花街與寺院町爲何會背對背地存在？貴樹現在才感到奇怪。

他信步朝十字路口走去，前往寺町。一轉彎就是另一家料亭，經過那幢大建築物後，旁邊就是一片被高聳的圍牆圍繞的墓地。乍看看不出是墓地，但圍牆上沒有建築物的身影，定睛一看，有墓碑和卒塔婆（註）探出頭來。更引人注目的，是貼在圍牆邊開著淡紅色花朵的大芙蓉樹。有些褪了色的淡紅色花朵，在日暮的風中微微擺動。

來到寺町的第一道寺門，貴樹探頭望進去。與寺院毫無淵源的人，可以擅自踏進去嗎？貴樹躊躇地窺望，境內無人，一片寂靜。他踏入潔淨到幾乎無機的參道，走向墓地。從本堂旁邊延伸到後方的墓地裡，全是古老的墓塚。不甚寬闊的墓地一隅，矗立著一棵老芙蓉樹。貴樹沒來由地受到吸引走近，樹下有一座大石碑，彷彿被頭頂的枝椏所庇護。石碑上的刻文已經磨損，而且過於龍飛鳳舞，無法辨讀，只看得出石碑前四四方方的石花瓶上有「檢番」二字。——那麼，這就是老闆娘說的墳墓嗎？似乎是以前存在於此地的檢番所建的慰靈碑。周圍有許多小墓石，沿著圍牆堆積般並排著。每一塊都布滿苔蘚，嚴重磨損，但清掃得很乾淨。檢視這些墓石，有些刻著像是藝妓花名的名字，也有些像是本名。有些墓石則是正面刻著像是置屋的屋號，後面排列著許多名字。

這裡是過去在花街討生活的女子最後的居所。

——她是這當中的某一個嗎？

或是連這裡也沒有名字的某人？

腦中浮現寂寞俯首的背影。

這也難怪，貴樹心想，以從那道細微的隙縫間看到的景物而言，那情景實在是過度鮮明了。

再也沒有方法可以確認她的芳名，也無從詢問她飲泣的理由。如果那是過去的幻影，應該也看不到女子的花容了。

註：卒塔婆是供在墓地上的塔形木牌。

貴樹並不害怕。看到芙蓉樹下林立的墓石，他反倒心生憐憫。

他對著石碑輕輕合掌，折回坐落在暮色的街道。路過的兩家料亭都亮起了招牌燈，裡頭傳來熱鬧的聲音，卻沒有任何三味線的琴聲。

一回家，貴樹便頭也不回地走上二樓。他走向弟弟的房間，挪開鏡子，把臉湊近隙縫，但他總覺得或許什麼都看不到了。就如同從對面的房間什麼都看不見一樣。

——然而一湊近，昏黃的燈泡照亮的房間便躍入眼簾。

女子依舊在那裡。對著矮桌，動著鉛筆。淡紅色襦袢甚至顯得妖豔，對桌拚命動筆的模樣卻有些稚氣。席地而坐，雙腿微開，蜷起背部，雙肘靠在桌上，就像小孩子畫圖那樣，動筆寫著字。

貴樹還是不感到害怕。毋寧有一股安心感，覺得既然她不存在於這個世上，像這樣偷窺，也沒道理受責備了。

女子專注地動筆。貴樹守望著她。

拜訪料亭以後，女子仍然沒有消失。女子在過去的房間裡浮游似地生活。罪惡感消失，貴樹日復一日地看著女子。他一邊看著，一邊覺得這樣的自己非常不健康。緊迫盯人地窺看不存在的女子，看到腰痠眼痛，根本是瘋了。與其如此，更應該整理屋子，謀職展開新生活才對——儘管心裡明白，貴樹卻像被釘在了牆上似地動彈不得。

感覺也像是以不想動爲藉口，窺看女子。我心知肚明——如此喃喃自語的心胸、背後，籠罩著如坐針氈的焦慮。自覺到這種焦慮時，貴樹把自己和弟弟重疊在一起了。

父母想方設法要讓弟弟出門去上學——後來變成拚命想讓他走出房間，但其實最強烈地如此冀望的，會不會是弟弟自己？這陣子貴樹這麼想。得離開才行，得走出房間面對現實才行——儘管這麼想，卻又別開目光逃避焦躁，直盯著陰暗的隙縫不放，是不是這樣？同樣被綁在隙縫前的貴樹，不知不覺間和弟弟一樣把書桌搬到恰到好處的位置，坐在前面的椅子上，度過一天又一天。就彷彿在重蹈弟弟的覆轍。

正因爲有所自覺，貴樹心想不能陷在這裡。他覺得弟弟就是不斷逃避必須面對的事物，最後進退維谷，才會選擇了自盡。他覺得相同的末路也在等待著自己。即使就這樣下去，也只會耗盡微薄的遺產，坐吃山空，很快就會走投無路了。到時候，自己會選擇哪一條路？

愈是焦急，愈無法將目光從隙縫移開。女子穿著藍染浴衣，坐在矮桌前，慵懶地搖著團扇搧臉。耳邊燥熱的蟬鳴聲，是隙縫裡傳來的，還是來自窗戶的現實的聲音？

窗戶——女子看著窗戶，搖著團扇。蟬聲一陣激昂，搖扇的手也跟著忙碌。漸漸地，那動作一下慢似一下，就像是耽溺於思緒，忘了暑熱。然後蟬聲再次揚起，扇子又慌忙送風。

望著這一幕的貴樹，身處的房間裡充斥著溽熱。窗戶雖然開著，卻沒有風。也沒有要下雨的樣子，燠熱無比。流過太陽穴的汗水觸感讓他回過神來。維持不自然的姿勢太久，腰部和背部都緊繃疼痛。他把臉從隙縫移開，直起身體。我到底在幹麼？貴樹自嘲，不經意地望出窗外，在那裡看見一張人臉。

窗外，應該是後院的土牆另一頭有個人影。應該是——之前看到的年輕園丁。園丁就像那天一樣站在馬梯上看著這裡。男子盯著這裡的眼神帶著責怪，貴樹因為偷窺被發見而狼狽不堪。

他慌亂地從桌前站起來，尷尬地想要離開房間，忽地想起這裡本來就不可能看見隔壁，因此即使把臉貼在牆上，旁人也不可能知道他是在偷窺鄰家。既然如此，那個人為何要露出責怪的表情？——貴樹納悶地回頭一看，男子的身影已經消失了。樹枝之間只餘靠在大櫟樹上的馬梯。

回想起落荒而逃的自己，和彷彿逮住壞事現場的男子，貴樹陷入奇妙的感受——然後他進一步回想起來了。

上一次是相反。上一次男子在看隔壁。從視線的方向來看，是看著隔壁建築物空無一人的房間窗戶。他一臉凶險地看著的窗戶裡面，應該沒有任何值得一看的東西才對。然而當時男子注意到貴樹的視線，便倉皇爬下馬梯。就像貴樹剛才想要逃離房間一樣。

——那個人到底在看什麼？

答案立刻揭曉了。隔天，貴樹聽到門鈴聲，前往玄關，結果門外站著那名園丁。男子的表情依舊險峻。他挑釁地看了貴樹一眼，深吸一口氣，接著扯下包在頭上的毛巾，行了個禮。

「抱歉突然打擾。」

雖然一副卯足了勁的樣子，語氣卻溫和有禮。貴樹覺得園丁是來責備他的。那麼我該如何接招才好？瞬間他尋思起來。要反駁「根本沒有什麼女人」嗎？還是回敬「你自己不是也在偷看」？

但男子雙手捏緊毛巾，立下決心似地抬頭說：

「你可以當成是神經病上門沒關係——那是不可以看的。」

貴樹被對方的氣勢壓倒，反射性地想要說「我不知道你在說什麼」。但男子不給他開口的機會，又說：

「請不要理它，它會要了你的命。」

貴樹驚訝地說不出話來。

「雖然看起來無害，但它非常危險。不可以被它吸引。」

男子急匆匆地說完，大大吐出一口氣，表情倏地放鬆下來。雖然神情依舊嚴肅，但已不再是那種挑釁的表情。貴樹這才理解到男子先前是在緊張。

「……你到底是……」

「我沒辦法袖手旁觀。」

男子說完，再次深深行禮。

「打擾了。」

他說，轉身就走。結實的背影散發出該說的話都說了的安心感。貴樹想要出聲，卻不知道該說什麼。他杵在玄關，幾乎是啞然地目送男子。快步朝料亭離去的男子彷彿注意到貴樹的視線，回過頭來，又行了個禮。

——搞什麼？

男子說的「它」，當然是指那名女子吧。可是他說「危險」？

男子實在太單刀直入了，甚至沒有對質，「你在看，對吧？」他確信那裡有著不可能存在的女人，而貴樹在窺看她。

也因爲尷尬助長，反抗的心態油然而生。

——眞的是神經病。

突然找上門來，說什麼根本不存在的女人危險。多管閒事地要人不許看，還詛咒什麼會要人命。

貴樹忿忿不平地關上玄關格子門。拱著肩膀轉過身去，眼前的屋內一片昏暗，沉澱著荒廢的氣息。貴樹忽然注意到玄關台階和玻璃門框上積了一層灰。父母自暴自棄地留下的雜亂物品散發的厭世氛圍。甚至放棄拂去這些，遭到棄置的屋內。

——連搬家的紙箱都還沒有整理完。

也沒有打掃。沒有找工作。完全沒有準備要在這裡展開新生活。

貴樹想要忘了教人不舒服的男子，趕快回去二樓。但不知爲何，他裹足不前。他走向廚房要喝水，這才注意到家裡荒廢成什麼德行。廚房老舊的流理台佈滿水垢，用過的餐具扔著沒洗。直接在泥土地釘上木板的地面丟著好幾袋忘了拿去丟的垃圾袋。高出一層的起居間的矮桌上，餐具也放著沒收，周圍堆置著垃圾。中間的佛壇蒙上一層白灰，忘了什麼時候插上的花醜陋地枯萎腐爛。

——它會要了你的命。

貴樹覺得荒廢的生活全被看透了。「我在搞什麼？」對自身的疑問，「這樣下去怎麼行？」對自己的焦急。儘管對這樣的自己有所自覺，卻不斷背對一切。貴樹覺得男子意在言外地責備這樣的他，更感到芒刺在背了。

他重重地將杯子放到調理台上——下一秒逃也似地走上二樓。走向牆壁另一頭有女人等待——過去弟弟自我了斷的那個房間。

——這東西很危險。

貴樹內心如此喃喃，卻不可自拔地看著女子。儘管心想這樣下去不行，然而愈是焦急，就愈不由自主地窺看隔壁。

女子依然浮游地過著日子。儘管說她危險，但女子的模樣卻毫無不祥的氣氛。雖然那確實是不應該看得見的景色、是不應該存在的女子，但他覺得只因爲這樣就說她「危險」，未免過於武斷。

她的存在，是否就像是被保存起來的記憶？只是在重複上演過去的日常。

哪裡危險了？

女子在矮書桌前低垂著頭，彷彿爲了被說成妖魔鬼怪而受傷。雙手疊在桌面，沒多久便趴了下去，額頭抵在手上。纖瘦的肩膀顫動，傳來熟悉的飲泣聲。那背影教人徹底心碎。

女子飲泣了一陣，接著搖搖晃晃地站起來。她以襦袢的衣袖抹著淚水，坐到鏡台前，抽抽噎噎，拿起梳子，將垂落的髮絲梳回髮髻。整理好頭髮後站起來，走向隔壁房間。片刻後回來時，手上抱著一個木桶。

女子放下木桶，坐到鏡台前，以手巾拭臉。她用手巾捂著臉片刻，接著從抽屜裡取出剃刀。暮色已近，是平時的梳妝打扮吧。每隔幾天，女子會在化妝前用剃刀修臉。剃刀是陌生的直刃刀，連柄都是金屬製的。不是理髮店常見的那種折疊剃刀，形狀就像小刀或菜刀。貴樹以前查過，知道這叫「和剃刀」。

女子這天也將取出的剃刀抵在眉上，但很快便打消念頭似地放下手來。她深深嘆息，沉陷在思緒裡。一會兒後再次拿起剃刀，但一陣躊躇後，將原本對著臉的刀子移向了脖子。鋒利的刀身反射出燦光。

女子看著鏡子，剃刀按在脖子上。貴樹倒抽了一口氣。

——難道這女人以前就是這樣結束性命的嗎？

這一幕與弟弟的身影重疊在一起了。弟弟用的是美工刀，但一樣是把刀子抵在脖子上，一刀劃開。當時貴樹在讀大學，並未實際看見弟弟喪命的模樣。但他接到父親打電話通知噩耗時，在腦中鮮明地描繪的影像，不知不覺間宛如記憶般烙印下來了。

女子將剃刀抵在脖子上，低聲嗚咽起來。在貴樹屏息凝視之中，女子手一甩——無力地放下了剃刀。

貴樹忍不住吁了口氣，同時女子當場趴伏下去，憋著聲音開始哭泣。

——究竟是什麼讓妳這麼痛苦？

如果能夠，貴樹想要出聲撫慰。但同時他又想，莫非他看到的並非單純是女子的日常，而是女子的歷史？如果女子在過去尋短自盡，因此化成了傷口殘留在這個空間，那麼貴樹是否遲早也會看到女子死亡的一幕？

一想像那瞬間，便感到撕心裂肺的痛苦。女子死後，自己將會看到空無一人的房間嗎？或許就是這樣的失落，讓弟弟選擇了死亡。

女子哭了一陣，然後振作起來化妝，換上華麗的和服，走出房間了——悄然垂首地。

此後，女子哭泣的時候更多了。吞聲飲泣，對著矮書桌動鉛筆寫東西，偶爾取出信來讀，接著又是哭泣。

貴樹覺得原本只是緩緩流逝的女子的時間，正朝著不好的方向傾斜。一點一滴，逐漸加速地朝黑暗的方向傾斜。用不著多少日子，它便決定性地墜入深淵。

這天夜晚，女子也在哭泣。她折著掛在衣架上的和服及腰帶，再三歇手掩面飲泣。哭了一陣，手拿著正要束起的腰繩，卻茫然垂首，呆坐不動。片刻之後，女子緩緩地將質地柔軟的布製繩索纏繞在自己的手腕上。將繩索的一端在手腕繞了兩圈，咬住繩頭，辛苦地打結。長繩有一半綁在女子手上，留下長長的另一半。女子拿著剩餘的繩索，倏地回過頭來——就彷彿她知道貴樹就在那裡。

女子筆直地看著這裡。貴樹的眼睛，與散發陰火般光芒的眼睛對上了。

女子宛如搖曳的花朵般虛幻，眼睛卻鮮活得令人心驚。不知是否淚水的關係，濕潤而充血的眼睛盯著貴樹，接著女子將剩餘的繩索遞向貴樹。就像在索求另一端的繩頭應該要繫上的另一隻手腕。

貴樹驚慌地把臉從隙縫移開。

——它會要了你的命。

原來是這個意思嗎？貴樹終於醒悟。女子是在尋求共赴黃泉的伴侶。想到這裡，同時幻影再次掠過腦際。儘管未曾親眼目睹，卻刻骨銘心的鮮明影像，坐在床上，上身趴在書桌上，伏在自身的血泊中斷氣的弟弟。

貴樹顫抖著，將鏡子放回原位，蓋住隙縫。

——別理它就好了。

不，根本別再看就沒事了。

儘管如此立下決心，一晚過去，貴樹卻覺得驚恐的自己實在滑稽。不過就是幻影罷了。就算女子看了他，又能奈他何？

而且，或許不會再有那種情形了。貴樹說服自己應該要確定一下，挪開鏡子，把臉湊近隙縫，結果迎面就和女子對上了眼。

女子一手握著繩索遞過來，雙眼望著這裡。在朝陽灑入的房間裡，一如昨晚的狀態，凍結了似地一動不動，目不轉睛地看著貴樹。

貴樹凝視著對方，女子望著貴樹，宛如機器人偶一般，緩緩地歪起了頭。

——爲什麼？貴樹覺得女子在這麼問。

他慌忙退開，決心再也不看了。之前來訪的男子說的「危險」，就是指這種情形嗎？但隔壁的女子只要不看，就形同不存在。還是她遲早會造成實質危害？——雖然覺得不可能，但是萬一女子翻牆而來呢？

他想向那個人問個究竟。爲什麼說「危險」？實際上會是怎樣的危險？他說會要命，具體來說是什麼情形？而他又怎麼會知道？那個園丁會不會又來了？貴樹探頭從後院窺看料亭庭院，尋找男子的身影，結果在通往後方獨棟建築的走廊看見穿著顏色不同於員工的T恤的人影。被樹木遮擋，看不眞切。貴樹變換姿勢，設法透過枝葉窺看，那人衣著休閒，腰上繫著工具袋，打扮類似，但似乎不是園丁。之前的園丁個子很高，體格也很壯。而現在在走廊工作的男子看起來身形更矮小一些。

貴樹再次變換姿勢，想要看個清楚，這時男子彷彿注意到視線，回頭仰望貴樹這裡。因爲有段距離，並不確定，但好像眞的不是園丁。年輕男子也許發現了貴樹，落落大方地頷首致意。

——不是他。

貴樹不知道園丁叫什麼，也不知道他住哪裡。他只知道對方似乎是料亭請的園丁。向老闆娘打聽的話，可以知道他的聯絡方法嗎？

就在貴樹想到這裡時，牆壁隱約傳來三味線的琴聲。

他回頭看牆壁。雖然幽微，但確實聽見了，是信手撥弄三味線的聲音。貴樹提心吊膽地窺看隔壁房間，女子一如往常地背對著貴樹，正在撥弄三味線。

貴樹忍不住安心地嘆了一口氣。女子將濕髮紮成一束，身穿藍染浴衣，蜷著背坐著，正在彈三味線。彈了一段，又分神似地停手。停了一陣，吐出無聲的嘆息，又繼續撥弄。

太好了——貴樹在心中喃喃自語，同時覺得這樣的自己很危險。這個女子的存在根本就是異常。不能這樣看著她，不能從看著她當中得到撫慰。

儘管心中清楚明白，卻就是無法別開目光。看著女子，讓他獲得莫名的安寧。斷斷續續的三味線琴聲，就像是淅淅雨聲，沁入心房似作響，滋潤了乾燥龜裂的某些事物。

女子撥弄了一陣三味線後，放下樂器。接著她伸手入懷——拉出了繩索。

貴樹忍不住全身僵硬。女子拉出柔軟的繩索，就像之前那樣，緩緩地將其纏繞在自己的左手腕。辛苦地將其中一端綁在自己的手腕上打結，接著回頭看貴樹。這天，女子的眼睛是乾的，卻同樣湛著鮮活的色彩。她遞出繩索另一端，眼睛直鉤鉤地、彷彿要射穿一般地看著貴樹。

貴樹彷彿被吞噬了似地動彈不得，於是女子沒有表情的眼睛盯著他，緩慢地、詢問似地歪起了頭。

——不行，我不能跟妳一起走。

女子遞出繩索，一動不動，半晌之後，忽然再次活動起來，挪動膝蓋移向鏡台。她打開抽屜，從裡面取出剃刀，將油亮的刀子連同繩索另一端，一併遞向貴樹。

貴樹後退了。眼前是老舊龜裂的土牆，上面黝黑的隙縫張著大口。

——錯不了，貴樹心想。

弟弟應該就是被她帶走的。一次又一次像那樣被要求殉情，弟弟終於拒絕不了，屈從了懇求。

絕對不能再看隔壁了——貴樹鐵了心，卻沒有貫徹的自信。

隔天貴樹久違地出門了。他找到居家用品店，買了木板和工具，搬上二樓，沿著隙縫所在的柱子釘上去。他先用膠帶貼住隙縫，再釘上木板，徹底封住。接著移開書架，搬來高聳的櫥櫃檔在木板前。

總算喘了一口氣時，響起了幽幽的三味線琴聲。

——需要更多障壁。

貴樹把搬進來的行李移動到前面自己的臥房裡，關上弟弟的房間。關上紙門後，將門縫密密地貼合起來。木板已經用完了，他把所有能移動的家具什物都堆在房門前。

——換房間吧。

把一樓父母的物品收拾整理一下，搬到二樓，將二樓封起來。然後重新振作，正常生活，找工作。什麼工作都可以。找到工作以後，就賣掉這個家，找間小公寓搬進去吧。

貴樹堅定地告訴自己，走下一樓。

接下來幾天，貴樹專心打掃一樓。整理父母的物品，能丟的東西都丟掉。盡量不上去二樓。

有太多應該要做的事了。去就業中心登記，盡量走出家裡，上街散步。剛開始的幾天，他覺得這下就可以踏出新生活了。然而他的意識一天又一天回到了二樓。最初「我一定要成功」的奮發情緒萎縮下去之後，強烈的失落感便席捲而來。貴樹和她天人永隔了。

——我失去她了！

不，我沒有失去。只要走上二樓，拆除障壁，又可以見到她了。最初他用拆除障壁的麻煩來克制自己，但漸漸發現自己正不停找藉口。

樓上也得整理才行。

堆起來的紙箱，也最好全部打開來檢查整理。

樓上太悶熱了，最好通個風。

看到弟弟的房間，反而更能引以爲戒。

神思也開始恍惚起來。貴樹愈來愈常窩在一樓後方面對庭院的房間。他會坐在緣廊，不知不覺間側耳聆聽。有沒有三味線的琴聲？偶爾似乎會聽見撥弄的琴聲。驚覺的瞬間，他覺得有人在呼喚他。

只是錯覺罷了——貴樹如此安撫自己，抱膝而坐的某個傍晚時分，在庭院一角發現了它。

形狀不方正的狹小後院沒什麼植栽，也沒有整理，雜草叢生。這樣的庭院一角，有著朦朧的花影搖曳著。

褪色般的淡紅——是芙蓉。

芙蓉樹還小，只有孩童高度。也許是因爲日照不足，樹幹和樹枝都瘦小虛弱，樹葉也稀稀落落，色澤不佳。儘管如此，卻開出了唯一的一朵花，在若有似無的風中無依地搖晃著。

是父母種下的嗎？還是從墓地的那棵樹——或者是別處，有種子飛過來發芽生根嗎？

這景象令人不忍卒睹。貴樹站了起來，走上二樓。他在心中喃喃著各種藉口，挪開雜物，解開封印，踏入弟弟的房間。依稀傳來三味線的聲音。

——她在等我。

垂首以衣袖覆臉哭泣的女子背影在腦中復甦。貴樹覺得就是自己害她悲泣的。他狠心地單方面斬斷情緣，才害她哭得那麼慘。

挪開家具，看見自己釘上去的木板，貴樹猶豫了一下，然而感覺更接近了一些的三味線琴聲驅散了他的猶豫。抓住木板一扳，釘上去的板子一下子就拆下來了，不堪一擊到可悲的地步。因爲釘上去的地方是土牆，釘子幾乎咬不住吧。釘在柱子上的釘子也一樣，可能是柱子本身質地已經鬆散了，幾乎毫無抵抗之力。

拆下木板，撕下膠帶，漆黑的隙縫露出來了。三味線的琴聲如嘆息般從其中流洩而出。

貴樹把臉湊上去——接著困惑地移開了臉。他定睛看了看沿著柱子的隙縫，再次把臉湊上去。什麼都看不見。

他一再變換姿勢和角度，結果依然相同。別說看見隔壁房間了，連光線都沒有。

三味線作響著，彷彿在訴說，我在這裡。

貴樹無計可施之下，抓起桌上的原子筆，硬插進隙縫裡。他把筆頭插進洞裡左右扭動，把縫掰大，然後湊上去窺看，再三反覆，終於看見隱約的光線。

然而出現在眼前的，卻只是一片老舊生鏽的浪板壁面而已。些許殘照，使他看見近在眼前、在風吹雨打中變得破舊的鄰家牆壁——僅是這樣而已。

——怎麼會？

三味線的琴聲依舊。女子確實就在這道隙縫另一頭，然而卻看不見她。原本應該看不見的事物，被理所當然會看見的外牆給遮蔽了。

貴樹覺得自己被女子拋棄了。但接著他轉念否認。女子在呼喚貴樹。極盡憂愁的三味線琴聲持續著。他覺得是有人阻擋了他們。他忽然想到前些日子看到的走廊上的年輕男子。不是園丁，但腰上掛著一樣的工具袋的男子。那個人——會不會是木匠？

貴樹衝下樓梯，奔出家門。他跑到相隔一戶的料亭，抓住正在爲大門到玄關的地面灑水的員工，表明要見老闆娘。員工可能被貴樹的凶相給嚇到，後退進屋，老闆娘很快就出來了。老闆娘以一如往常的清爽姿態溫婉地微笑著。

「怎麼了？瞧您氣急敗壞的。」

「那個房間——妳把那個房間怎麼了嗎？」

衝口而出的是責備的語氣，表情應該也相當凶神惡煞。然而老闆娘卻沒有介意的樣子，微笑說：

「是的。因爲那個房間似乎不太好，所以我把它改裝了。我將面對府上的那面牆堵起來，免得打擾到您。」

「不要多事！」

「就算您這麼說……」

「拆掉……立刻拆掉！」

貴樹說，但老闆娘神情凜然地拒絕了。

「恕難從命。而且那原本就是敝宅的建築物。我只是稍微改建一下，免得噪音打擾到府上，沒有爲此受責怪的道理。」

老闆娘完全站得住腳。貴樹沒有權利責備對方。

「可是……」

貴樹無法放棄，正欲爭辯，老闆娘說：

「如果這樣還是會打擾到府上，我也考慮乾脆把它給拆了。」

貴樹啞然無語，老闆娘恭敬地行禮。

「失陪了。」

貴樹碰了一鼻子灰，垂頭喪氣地折返。

他沒有資格責備老闆娘，更沒有權利命令她把堵住的牆壁恢復原狀。他束手無策。

貴樹沉陷在無力感中，無精打采地返家。走上二樓，回到留下一番苦鬥痕跡的房間。把臉湊近隙縫，但一樣看不到那個房間，只空聞微弱的三味線琴聲。

——對不起。

貴樹在心中道歉，額頭抵在牆上。三味線的琴聲倏地歇止了。貴樹等待撥弦聲再次流瀉。片刻之後，他迫不及待地把耳朵貼到隙縫上，覺得彷彿聽見了細微的飲泣聲。

隔天，貴樹確定隙縫依舊什麼都看不見，悄然走下一樓，發現玄關穿鞋處掉落著一封信件，也許是從格子門縫塞進來的。

撿起來一看，信上沒有收件人姓名，也沒有郵票。拆封取出內容物，只有一張紙。紙上以稚拙的鉛筆字跡僅寫了一行字。

「請您來相會。」

此後，隙縫間再也看不見隔壁的景象。耳朵貼在縫上，可以依稀聽見飲泣聲，以及嗚咽般的三味線聲。只能側耳聆聽的貴樹，今天也收到了筆跡稚拙的信。

——請您來相會。

——爲何您不肯來？

——何時才能相會？

——什麼時候

您才會來？

闕守

大馬路上吹著綠意盎然的風。

這裡是位處田園地帶正中央的購物中心。巨大的建築物，廣闊的停車場，一條大馬路經過前方。周圍雖然有兩、三家小商店，但占據廣闊視野大半的，還是綠色的稻田。秧苗抽長，將四下變成一片綠色大草原，其中點點散布著住宅和公寓。藍天底下，地平線遼闊，遠方的山脈暈成了一片淡青色。

大馬路上車流並不多。深夜卡車川流不息，但白天往來的車輛，大半都是前來購物中心的購物客。而且現在是平日午後，還要一段時間才會門庭若市。路上一片空蕩蕩，只有吹過稻田而來、帶著草香的清風拂過。

沐浴在初夏的陽光底下，嗅著風的氣味，這時斑馬線的行人號誌變成了綠燈。同時音樂開始響起。

佐代皺起眉頭，她討厭這暮氣沉沉的音樂。

「怎麼了？」

佐代快步過馬路，在旁邊推嬰兒車的由岐開口問她。

「佐代，妳每次都會在這裡擺臭臉喔？」

佐代邊走邊回頭看由岐問：

「……會嗎？」

「每一次都是。然後就像生氣一樣，急匆匆地過馬路。我要推嬰兒車，如果手上還有東西，實在很難跟上。」

「抱歉。」

佐代放慢了步伐。

「一開始我也奇怪，是我哪裡惹妳不高興嗎？」

「眞的對不起，我不是故意的。」

佐代說著，配合由岐的步伐走完斑馬線。斑馬線另一頭是修整成筆直的灌溉排水路和一整片稻田。

聞到草香，佐代吁了一口氣。伴隨著分不出是嘆息還是換氣的吁氣，曲調陰鬱的音樂也留下奇妙的餘韻結束了。

「……我是討厭這音樂。」

佐代說，由岐愣了一下。

「音樂？妳說〈請過吧〉？」

「妳不覺得很毛嗎？」

「喔……」由岐喃喃自語，然後側著頭說，「唔……會嗎？歌詞的確有點毛呢。曲調也很陰暗。」

「就是說嘛。」

佐代應著，在人行道上走了一小段，沿著稻田往右彎。轉彎之後就是佐代和由岐居住的公寓，宛如混凝土盒子的二層樓建築物。設有停車場的正面面對稻田，陽台所在的後方也是稻田。沒有任何遮擋陽光的物體，通風好，晾衣服一下子就乾了，而且購物方便無比。因爲是公司租下來的員工宿舍，房租也很便宜，和丈夫上班的工廠近在咫尺。附近沒有地方可以夜遊流連，因此丈夫一下班就會騎機車直接回家，簡直是完美無缺的住處。硬要挑剔的話，就是稻田引水後，入夜後蛙聲擾人而已吧。

經過公寓土地，來到建築物後方的階梯。公寓有兩座階梯，左右各有兩戶，上下共八戶。提著東西上樓梯，掏出鑰匙打開面樓梯平台的房門。佐代開門的時候，由岐在樓梯底下抱起小孩，收起嬰兒車，東西先放在樓下，抱著小孩提著嬰兒車上二樓。佐代把東西提進屋內，將生鮮食品收進冰箱後，再下樓幫由岐把樓梯下的東西提上二樓——兩人每次一起出門，一定都是這樣的流程。

佐代提著由岐的東西，走上正上方那一戶。沒有招呼就直接走進玄關，由岐正把小孩放到隔壁和室的嬰兒床上哄睡。

「要幫妳放進冰箱嗎？」

「麻煩妳。」由岐一邊檢查孩子的尿布說，「啊，肉幫我放冷凍庫——天氣很熱，要不要喝冰茶？」

佐代應著「好啊」，把由岐買的東西收進冰箱裡，然後幫換完尿布去洗手的由岐打開客廳窗戶換氣。陽台外的稻田遙遠的另一頭，是一條細細的、色調寧靜的大海。

——請過吧，請過吧。

喝著冰茶，正喘了一口氣，和室傳來細微的歌聲。

「……不要唱啦。」

「嗯？」由岐停下輕拍孩子哄睡的手，回頭看佐代。

「妳剛才在唱吧？」

佐代怪道，由岐吐了吐舌頭。

「不小心就唱出來了——好懷念喔，小時候常玩，對吧？」

兩個孩子面對面手牽手，其他小孩從高舉的四隻手之間通過，唱完的同時把手放下，這時被圈住的小孩——

佐代回想起來，問：

「會怎麼樣？」

「什麼東西怎麼樣？」

「像這樣，」佐代比手畫腳，「被抓住的小孩，是會變成鬼嗎？」

「會輪到抓人吧？」

「可是抓到的只有一個人，負責抓人的有兩個人耶？」

「跟其中一個輪流吧？」

由岐說著，回到客廳，坐到地墊上。

「……是嗎？」佐代回溯記憶，卻想不起來，「好像沒玩過幾次，不記得了。」

「是啊，也沒有流行過嘛。只有幼稚園的時候老師教著玩。」

由岐用吸管吸著被融化的冰塊稀釋的冰茶說：

「……現在想想，那首兒歌好奇怪。到底是哪裡可怕呢？」

——去程無事，回程可怕。

「應該是男人可怕吧。」

佐代應道，由岐歪頭不解。

「男人……？妳說天神（註）神社的守衛嗎？」

佐代笑了。

「神社怎麼會有守衛？不是守衛啦，是現代說的可疑人物。」

「什麼可疑人物？歌裡面有可疑人物嗎？」

由岐說完，速度飛快地哼了起來：

——請過吧，請過吧。

這條小路通何方？

參拜天神小路也。

讓道讓道請讓道。

無事之人不可過。

慶祝孩子滿七歲，

攜帶供品祭拜去。

去程無事，回程可怕。

可怕歸可怕，請過吧，請過吧。

佐代聽了蹙起眉頭，由岐揮手安撫她，唱完整首後說：

「裡面沒有可疑人物啊？」

「有啊，問『這條小路通何方』的人。」

「咦？」由岐瞪圓了眼睛，「這是母親在問吧？然後守衛回答說『是參拜天神神社的小路』，所以母親要他『讓道』。」

「怎麼會？」佐代又笑出聲來，「母親是來神社參拜的吧？那怎麼會問『這條小路通何方』？那當然是去神社的路啊。」

「會不會是路記不清楚？要不然就是第一次來。」

「第一次去神社？」

「對。」由岐用力點頭，「一定是鄰居說小孩長到七歲了，最好去天神神社拜一下。母親是從外地嫁過來的，所以不知道神社在哪裡。聽人說在這一帶，實際過去一看，遇到了一條小路，所以向人詢問地點。」

「小孩子七歲，」佐代豎起指頭，「那就算一嫁進來就生小孩，至少也在那裡住了七年。」

「啊，對喔。」由岐喃喃道，「那……就是神社在超遠的地方？」

註：天神即菅原道眞（八四五—九〇三），平安時代的學者、政治家。受宇多天皇重用，位極右大臣，但為政敵所讒，左遷至大宰府，抑鬱而終。死後京城發生各種異相，人們相信是菅公怨靈作祟，遂加以祭祀以平息其怨憤。為學問之神、天滿天神。

「幹麼特地跑去遠方的神社拜？」

「會吧？像考試的時候，不是都會特地跑去太宰府拜學問之神嗎？」

「帶著小孩？那是古時候的童謠，所以是用走的吧？牽著七歲的小孩，徒步去遠方的神社參拜？」

「應該不會喔。」由岐歪起了頭。

佐代笑了。由岐的誤會讓她覺得很好笑。

「再說，神社有守衛不是很奇怪嗎？還說什麼沒事不可以過，去神社當然是去拜神的啊。如果拜神不算正事，什麼才算正事？」

「被妳這麼一說……是這樣嗎？」

「而且最後說是帶了供品來祭拜的，成功過去了嘛。也就是說，參拜可以算是正事。既然如此，守衛就沒有意義了。」

「可是……那……」

由岐顯得不明所以，佐代對她說：

「所以才說那是可疑人物。」

「咦咦咦？」

「他不是問母子『這裡是哪裡』嗎？而且還不讓母子過去。」

由岐眨了眨眼。

「……『欸，讓我們過去啦！』」

「『妳要做什麼？要去哪裡？沒有重大理由不許過去。』」佐代回應。

「『這孩子七歲了，爲了慶祝，我帶了供品要去拜天神。』」

「……母親這麼說，雖然是過去了，但男子還是賴在路中間不走。所以母親覺得回程還要經過這裡，實在很討厭。」佐代解釋。

由岐怔了一下，接著爆笑出聲。

「什麼跟什麼？太奇怪了啦！」

「怎麼會？只能這樣解釋，否則就不通了。」

「哪裡通？有可疑人物堵著路不讓過還好，可是沒事就不讓過，這太奇怪了。」

佐代鼓起腮幫子。

「感覺很像小混混找碴會說的話啊。」

「欸，小姐，妳要去哪裡？妳要去做什麼？沒事不可以過喔——這樣嗎？」

「對對對。」

「太扯了啦！」

由岐笑著否定，佐代困惑了。這時客廳門口傳來聲音。

「喔？怎麼啦？這麼熱鬧。」

是登志郎。由岐說過她先生今天上早班。

「阿登，你回來了。欸，你聽聽，佐代說的話好好笑。」

「嗯？」登志郎應著，頭也不回地走進和室。他看著睡著的女兒睡容，聽著由岐說明，聽完後和由岐一樣笑了，「這解釋太好笑了。」

「……咦？我說錯了嗎？」

「也不算錯。」登志郎說著，回到客廳。

「那是童謠，有各種解釋是當然的……而且基本上童謠的歌詞本來就莫名其妙。像〈籠中鳥〉也是。」

「可是你剛才說我的解釋好笑。」

佐代擺出鬧彆扭的樣子，登志郎說：

「我是覺得妳的解釋很特別。」

「由岐的解釋才奇怪吧？」

「才不奇怪呢！」由岐揚聲抗議，登志郎制止她說：

「這首童謠，發源地是我的故鄉喔。」

「咦！」佐代驚呼，「這首歌有發源地喔？我有點忘了，阿登是埼玉人嗎？」

「……對，川越。發源地是那裡叫三芳野神社的地方。也有別的說法是其他地方，記得好像是小田原。」

登志郎更進一步解釋道：

「三芳野神社是歷史悠久的神社，後來那裡蓋了一座城堡，神社被圍進城裡面，所以一般人沒辦法自由進出了。但人們信仰虔誠，所以特別開放給參拜神社的人進出，聽說是這樣。」

「所以才會有守衛？」

「因爲可能會有敵方間諜假扮成香客，溜進城裡刺探情資。所以才在參道設了關守，嚴格審問進出的人。我聽說這首歌就是在唱這種情況。」

原來是這樣啊——佐代想。確實這麼解釋，合情合理。

「可是……那怎麼會是『去程無事，回程可怕』呢？」

「不曉得呢。會不會是比起進去的人，對離開的人審問更嚴格？」

「這樣不是很奇怪嗎？」

聽了佐代的質疑，登志郎苦笑，「會奇怪嗎？」

「因爲……」

如果去的時候會被檢查，回程的檢查應該也差不多吧？既然被允許進去了，離開的時候，應該也照樣可以出來。歌詞裡的「可怕」，應該是指某些去程無法相比的嚴格狀況。

佐代本來想如此主張，卻閉口不語了。確實，爲童謠是否合乎邏輯而斤斤計較也沒用。

不過，其實佐代一直很害怕這首歌。現在也一樣討厭，但小時候光是聽到這首歌就會哭出來——父母和親戚到現在都還會拿這件事取笑她，而這的確是事實。

一直存在於佐代內心的意象是這樣的。

傍晚時分，冷清的小徑上站著一名可疑男子。男子傲慢地問路，並擋住去路，糾纏不休。母子好不容易擺脫糾纏，害怕地穿過男子身邊前往神社。周圍是一片深邃的森林，不見人影。回頭一看，男子站在路中間，還在看這裡。在上供祭拜的時候，太陽一定會完全西下。必須從漆黑的路折返，再次經過那個男人旁邊……

「欸，問『這條小路通何方』的，是母子還是守衛啊？」

這天晚上，佐代問回家的雅昭。雅昭吃著晚飯，發出古怪的一聲，「啥？」聽到佐代唱出那句歌詞後，說：

「喔，那首歌啊……是母子吧？」

「有守衛，然後不讓母子過去嗎？」

「我覺得是這樣的歌啊。」

「這是多數派的解釋嗎？」

「一般都是這麼解釋吧？我沒聽過別的說法。」

佐代心想「果然」，嘆了一口氣。沒想到居然是自己完全誤會了。她一直以爲自己的解釋，才是一般世人的常識。

「怎麼突然問這個？」

雅昭問，佐代說明自己的誤會。她說出長年以來，從來不曾懷疑的意象。

「可是，既然守衛都讓她們過去了，說『回程可怕』不是很奇怪嗎？」

佐代這麼埋怨，雅昭笑道：

「……母子是奸細。」

「咦？」

「她是間諜。雖然帶著小孩做掩護，但其實女人是去刺探城堡內部狀況的。雖然對守衛說是來上供祭拜的，但或許回程的時候身分會曝光，所以才說可怕。」

佐代開口：

「……是這種古裝劇的情節嗎？」

「合情合理啊，對吧？」

如此笑道的昭雅，顯得莫名得意。

「這條小路是要去哪裡的？假惺惺地問這種根本不用問的問題，也是因爲心虛。」

「……原來如此。」

——確實，這樣就解釋得通了。

佐代輕笑。

「居然爲童謠這麼認眞……好傻喔。」

「會嗎？很有趣啊。」

「是啊。」佐代微笑。

其實也沒什麼好追求合理的吧。但只要知道來歷，就能解釋出一番道理。覺得有趣就夠了。

儘管這麼想，心裡卻還是有個疙瘩。

……可是，這首歌很可怕。

「雅昭，你不覺得這首歌很可怕嗎？」

「從來不會，只覺得滿陰沉的。」

「我超怕這首歌的……小時候。」

「怕這首歌？」

「這首歌的意象。」

漆黑的道路，擋在路上的黑影。要穿過黑影旁邊很可怕。即使提心吊膽地克服了這個難關，回程又必須經過那個男人身邊。

「怎麼會是這樣？」

「就是說呢。」佐代苦笑道，「……是因爲小時候的神社嗎？」

她接著這麼說：

「我們家——以前住的家附近有一座小神社，那裡拜的就是天神。」

「是喔？」雅昭說，「妳們以前住的家，是在舊市街嗎？」

「嗯。」佐代點點頭。

佐代住的這個街區，是以建於河口的城堡為中心形成。古時候的城下町，現在稱為舊市街。後來街區擴大，擴大的部分稱為新市街。然後又進行町村合併，市區不斷擴大。雖然也不算蓬勃發展，不過是一個持續擴張的地方自治區。

佐代是舊市街出生的。古老的街區保留著傳統町名。讀小學的時候，她們舉家遷到新市街更邊緣的地方——郊外，而現在佐代住在比那裡更外側的地方。市區外側蓋了一家大型汽車廠，是隨之興起的住宅區。過去只有農家和稻田的地方，現在成了稻田與民宅各半。

到了這一帶，完全就是郊外住宅區，但舊市街的風情截然不同。老舊的屋舍、老舊的習俗、老派的人際關係。佐代出生的家也很古老，是一棟陰暗狹長的房屋，總之狹窄得不得了。因為和祖父母同住，佐代連自己的房間都沒有。

那個家所在的街區一角，有一座神社。如今連記憶都模糊了，但她記得參道旁邊的重瓣紅梅很美麗。社殿古老，雖然小，但每年都會舉辦神樂演出。不過因為小，雖說是祭典，規模也很小，但還是會有兩三個攤子，讓人很期待去逛逛。

「那間神社旁邊有條通道。」

佐代在餐桌托起腮幫子說：

「大家都管那裡叫『夾道』。民宅之間有條細細的石板路，盡頭處有木門，木門過去就是神社。不是通到正面的參道，而是社殿旁邊。」

「是喔？」

「那是……稻荷神嗎？社殿旁邊有座小祠堂，大概是通到那前面吧。」

小神社是附近孩子絕佳的遊樂場。佐代家在夾道那邊，因此都會穿過夾道進去神社。因爲如果走正面的參道，就得繞上好大一圈。不過夾道很陰暗。

「一路上兩側都是二樓人家，沒有半扇窗戶。天一黑，連燈光都沒有。現在回想，是可以閉著眼睛一口氣衝過去的距離，但小時候覺得很漫長。玩著玩著，玩到天都暗了，急著要回家，卻又怕經過夾道。因爲那裡會早一步暗下來。提心吊膽地經過時，腦中就會響起那首〈請過吧〉。」

——這條小路通何方？

參拜天神小路也。

佐代輕聲哼唱，雅昭點點頭說：

「完全就是這樣呢。」

「嗯。」佐代點點頭，「有時候因爲太害怕了，還會從參道那裡繞一大圈回家……」

但小孩子總是會玩得忘了時間。祖父母絕對不許她晚歸，如果沒在晚飯前回家，就會被痛斥一頓。玩得忘我，驚覺回神時，已經到了非回家不可的時間了。不快點回家會挨罵。對小孩子的腳程和感受來說，實在沒有辦法悠哉地繞遠路。

「所以還是會心驚肉跳地走向夾道——卯起來衝過去……」

忽地，「鬼」的形象掠過腦際。有鬼。

被高聳的建築物夾住的狹小巷弄。古老的石板地另一頭有個龐然黑影。那是……

「鬼……」

「什麼？」雅昭反問。

「有鬼……」佐代喃喃說道，又慌忙搖頭，「不對。不可能有什麼鬼。」

她強自微笑。沒錯——不可能有鬼。

「……對了，穿過夾道進去神社，還有另一座小神社。也不算神社，是小祠堂吧。裡面有鬼的石像……」

「鬼？」

佐代回想起來，點了點頭：

「有兩座鬼的像，還有一座像詭異老爺爺的像。」

「那是不是役小角？鬼是前鬼和後鬼吧？我們家附近也有。」

「是嗎？」

雅昭是隔著一條河的鄰縣的人。附近有以修驗道（註一）信仰聞名的山，雅昭老家祭祀著天狗（註二）。

「這樣啊……是役小角啊。」

小時候的佐代不知道那是什麼像，只覺得很恐怖。所以夾道更讓她感到可怕。穿過夾道就有鬼——這樣的印象，滑坡變成了擋住夾道的可怕事物了吧。還是……

「……天狗？」

「什麼？」

擋在那裡的龐然巨物，臉是紅色的。

「不對，記得鼻子不高。」

褐色的蓬髮、油亮粗獷的紅臉、金織錦緞的狩衣（註三）和……

「那個……叫什麼去了？」

註一：修驗道是融合日本古來的山岳信仰及密教而成的宗教，開山祖師爲役小角。著重於山岳修行。

註二：天狗爲傳說中的妖怪，和修驗道信仰融合在一起，形成紅臉長鼻，穿著修驗道修行者服裝的形象。

註三：狩衣爲平安時代貴族的便服，武士的禮服。在現代成爲神道教神職人員的服裝等。

「哪個？」

「像工作穿的燈籠褲……」

「……嗄？」

雅昭發出錯愕的怪聲，佐代激動地說：

「是袴！短袴！小腿那裡變窄……」

雅昭驚訝地眨著眼，說：

「妳是說……裁付袴嗎？祭典的時候穿的傳統服裝。」

「對……可能是。」

是花樣華麗的錦織裁付袴。小腿以下用布紮起，腳上穿著草鞋。

這樣一個鬼就站在夾道那裡。

這瞬間，復甦的景象變得鮮明起來。夾道深處站著一個鬼。雖然怕得要命，卻非過去不可。

——無事之人不可過。

「忘記東西……」

佐代脫口而出。還來不及意識到，嘴巴逕自動了起來。

「我忘記東西了……」

掛在紅梅枝椏上的懷表。

「那是爺爺的寶貝懷表，一定要帶回家才行……」

佐代是偷偷拿出去的，萬一被發現，絕對會被罵死。

想到這裡，一陣嘔吐感湧上喉嚨。佐代忍不住雙手摀嘴，趴倒在桌上。

「喂，佐代！」

佐代對著那黑影瑟瑟發抖，半哭半訴地說出懷表的事。

——那麼，就讓妳過去吧。

鬼確實這麼說了。

「妳還好嗎？」

聽到雅昭的聲音，佐代從沙發坐了起來。躺了一陣，總算舒服了一些。

「我沒事了。」

「妳是怎麼了？感冒嗎？」

「沒有。」佐代搖搖頭。敞開的客廳窗戶吹進涼爽的夜風和蛙鳴聲。

「……世上沒有鬼呢。」

意外的是，雅昭默不作聲。

「怎麼了？」佐代問。

「一般應該會回答不可能有吧。」

「就是啊。」

「……可是，不是有鬼的木乃伊嗎？」

「喔……」佐代喃喃道。這裡的市區是沒有，但近郊有處寺院，以收藏鬼的木乃伊聞名。

「那是假的吧？」

「是有人這麼說，可是……鬼我是不知道，不過我聽說過有人遇到天狗。」

佐代在沙發上重新坐正，上半身往前探。

「天狗？」

「嗯。是我伯公遇到的。伯公說，他小時候和我曾祖父一起上山，遇到天狗。」

雅昭接著又說：

「不知道是不是眞的天狗，不過他在山上遇到怪事。」

雅昭的伯公和曾祖父是上山工作的。不知不覺間，兩人發現有人跟著他們。看不見身影，也沒聽見話聲，但一直有分開草葉的聲音尾隨在後。兩人帶了家裡養的狗上山，狗也顧忌著那聲音，夾起尾巴，看起來很害怕的樣子。

曾祖父什麼也沒說，但似乎注意到怪聲了，工作都還沒辦完，卻突然說，「今天就下山了吧。」然後催著伯公火速開始下山。

很快地，兩人來到山中一處樹蔭濃密，極爲冷清的地方。周圍全是參天的老杉木，大白天也陰陰暗暗，平時就讓人感到不安。兩人走在穿過其間的狹窄山路上，在樹根間磕磕絆絆地下山，這時頭頂忽然傳來聲音。

——給我吃！

伯公害怕地仰望頭頂，但巨杉形成的濃蔭就像一片大屋頂般覆蓋上方，看不見天空，連伸到頭上的樹枝都看不清楚。

這時，兩人帶來的狗突然狂吠起來，朝著頭頂吠個不停。

伯公緊緊地抓住曾祖父。他覺得那聲音像是在叫他「給我吃」。狗害怕地夾著尾巴，卻還是對著頭上的某物叫個不停。曾祖父默默地解開腰間的行囊，留在原地。行囊裡有中午的便當。曾祖父留下行囊，背起伯公，逃之夭夭地衝下山。狗還是一樣對著頭頂的樹枝吠叫著。伯公在曾祖父的背上回頭看，但很快就被樹木遮擋看不見了。

「——兩人落荒而逃地回到山下的村子。那天晚上，山上遠遠地傳來狗的吠叫聲。隔天一群村人一起上山去找狗，結果狗就在之前那聲音傳來的地方。在杉樹上。」

佐代眨著眼睛。

「在樹上？」

「對。杉樹不是像這樣，樹幹筆直，下面都沒有樹枝嗎？聽說狗就在沒有任何地方可以攀抓的樹幹上方，粗枝分岔的地方。是老手千辛萬苦爬上樹，好不容易才把狗救下來的。」

「是喔？」佐代自言自語，「狗……不會爬樹嘛……」

「是啊，狗不可能爬樹。雖然沒有受傷，但好像嚇破膽了，後來那隻狗打死都不敢靠近山地的樣子。」

「遇到的就是天狗？」

「我伯公是這麼說的。」

雅昭說這件事不只是聽伯公說，也從住在伯公家附近的人那裡聽到。還有老人家聲稱就是他父親爬上樹把狗救下來的。

「所以在樹上找到狗，應該是真有其事吧。那麼雖然世上不可能有天狗，可是這樣的，狗到底是怎麼跑上樹的？眞是令人匪夷所思……」

「是嗎……」佐代低語。

雅昭的伯公是以前他介紹的本家親戚的父親嗎？保留著古來信仰的山地，山腳下的老村莊、老城鎮裡，或許還有某些古老的事物殘存著。那麼……佐代兒時住的那個街區，或許也有相同的古老事物留存。

「或許我見過鬼。」

「或許？」

「嗯。」佐代點點頭。記憶並不明確。站在夾道的鬼的形姿十分鮮明，她也可以回想起穿過鬼旁邊時魂飛魄散的感覺，以及掛在紅梅枝椏上的懷表等片段，但整體卻相當模糊。

「我在神社玩，玩到很晚……天都黑了，我急忙想要回家。然後應該是想到忘記東西了。雖然天色已經暗下來了，但還是匆匆跑回去拿。結果鬼站在夾道的木門那裡……」

鬼站在夾道靠神社那一側，老舊的木門前——姿態鮮明。

「我很怕，想要折回去，可是萬一被爺爺發現我偷拿他的懷表出來，絕對會被罵死，所以我硬著頭皮穿過夾道……」

結果被叫住盤問了。雖然想不起來對方實際上說了些什麼，但自己應該是哭著說忘了東西，不去拿回家會被祖父罵。她依稀有這樣的印象。

「結果鬼就讓我過去了。」

——那麼，就讓妳過去吧。

「我提心吊膽地穿過鬼的旁邊走進神社，應該是在玩耍的地方找懷表。可是怎麼樣都找不到，一直找到深夜……」

佐代說到這裡，雅昭插嘴問：

「一直找到深夜？一個小孩子？」

「應該是。」

「怎麼可能？妳祖父母不是不許妳晚歸嗎？那不可能放任妳找到深夜吧。再說，小孩子晚上沒回家，絕對會引發大騷動的。」

「說……說的也是呢。」

確實，佐代沒有找個不停的記憶。只記得在紅梅的枝椏上找到掛在上面的懷表。

佐代想了一下。

「不可能是深夜……可是我覺得安靜得不得了。周圍明明有人家，卻連盞燈光也沒有，也聽不到人聲……」

說到這裡，佐代兀自點頭。

「對，我心想要是有大人經過，就要向大人求救，卻沒有半個人經過。參道就正對車站和鬧區，但我不記得有人經過。只記得漆黑的馬路另一頭，黑黝黝的人家一片寂靜……」

可是夾道有鬼。回頭一看，鬼就站在夾道那裡，目不轉睛地看著佐代。

「我實在不敢從夾道回家。」

——去程無事，回程可怕。

「所以我想從正面離開神社……」

結果鬼從背後一把揪住了她的肩膀。佐代就像凍結似地動彈不得。

「然後……」

「然後？」

後來怎麼了？不管怎麼努力回溯記憶，依舊一片空白。

「不記得了……」

佐代喃喃說著，望向雅昭問：

「你覺得我遇到了什麼事？」

雅昭皺眉沉思起來。

「那是鬼嗎？我是被鬼抓住了嗎？還是那是變態？因爲太可怕了，我把他記成鬼了？我被他做了什麼嗎？」

雅昭一臉凝重地沉思之後問：

「妳爺爺的懷表呢？那支懷表後來怎麼了？」

佐代猛地想了起來。

「懷表在。爺爺過世的時候，一起放到墓裡陪葬了。那是爺爺受到表揚領到的紀念表，所以他非常珍惜。那……」

「既然如此，妳一定是找到東西回家了。」

「嗯……」

「如果發生過什麼事，妳爸或妳媽應該會說吧？」

確實，佐代不記得父母提到過任何相關的往事。沒有人提到任何事——倒不如說，是沒有人知道。

佐代這麼說，雅昭便說：

「那妳就沒有被抓住，也沒有晚歸，引發騷動。」

「應該……是呢。」

佐代低語，就像在告訴自己。並未發生任何事——應該。不僅如此，有可能全都是一場夢。因爲那條夾道很可怕，因爲童謠〈請過吧〉很可怕，所以自己才虛構出這種夢境般的體驗，或許只是如此罷了。

——一定是的。

佐代再三告訴自己。

然而隔天佐代沒辦法去採買。因爲她沒辦法經過購物中心前面的斑馬線了。一聽到〈請過吧〉的音樂，她便開始心悸冒冷汗。頭暈目眩，連站都站不住。

——請過吧，請過吧。

我不想過！佐代在心中吶喊。我絕對不要過去！

星期天，早上一起床，雅昭便挖出了相機。是他的寶貝單眼相機。

「你拿相機要做什麼?去旅行嗎?」

「我們去看看吧。」

聽到這話，佐代心臟一跳。

「……去哪裡?」

「那間神社。去了或許就會想起來了。」

「我不要。」佐代自言自語。她才不願意想起來。說起來，她根本一直都遺忘了，或許應該說是把記憶蓋起來了。只要掩蓋起來，即使討厭那首童謠，也不會害怕到沒辦法過馬路。這蓋子是絕對不能掀開來的。

「帶我去妳小時候住的地方吧。」

雅昭說：

「我覺得應該沒有發生過妳擔心的那種壞事。如果小孩子三更半夜不回家，一定會鬧到報警找人。就算小孩子忘了這件事，街坊鄰居也絕對不會忘記。會有人聊起，否則也應該會像禁忌一樣不敢觸碰。」

「或許是吧……可是……」

可是既然如此，爲何我會怕成這樣？

「我們去確定一下吧。」

雅昭強勢地這麼說，佐代勉爲其難地上了車。

車子經過大馬路，朝舊市街駛去。鋪設在稻田中央的筆直馬路，路面漸漸收窄，變得蜿蜒曲折起來，來到兩側老舊人家林立之處，展現出小巧但端正的街容。

開進舊市街沒多久，就來到佐代以前住的學區。是小時候熟悉親近的街區。保留了古色古香房屋的沉穩街道，有著古老的町名。據說這年頭許多古老的町名都消失了，但這裡不同。不過町名很早就已經廢除，市內正式的住址只有番地。老町名僅做爲郵遞上的稱呼保留，也因此昔日藩政時代的地名如今仍延續使用著。

「……再過去。」

佐代指示路線，雅昭把車停在附近的投幣式停車場。他把相機搭在肩上下了車。佐代猶豫了一下，立下決心下車。

停車場周圍的住宅比較新一些。是小時候沒有的建築樣式，因此應該是拆除老房子後重建的。那麼，這座停車場以前也是古老店家嗎？佐代覺得這一帶有家具行，但不清楚家具行是成了停車場還是住宅。

——明明才短短二十年前的事而已。

記憶會如此輕易淡去嗎？即使環顧四方，也想不起過往的街景。停車場前面有一條丁字路，從那裡再過去，就是以前佐代住的地方。神社應該在經過那條丁字路過去的地方。雅昭問，「哪邊？」佐代指示，想要邁出步伐，腳卻沉重得動彈不得。

「我們繞一圈過去吧。」

雅昭開朗地說，就像要撫慰佐代。

「神社最後再去吧。我們繞一圈，去看看以前妳住的地方。」

佐代鬆了一口氣，點了點頭。這一帶的舊市街，路道也如棋盤般井井有條。兩人背對丁字路，先走出大馬路，循著人行道朝以前住的家走。

道路左右的景色看起來奇妙地錯位。街景沒有變，然而建築物大多陌生。全新的公寓和商家、事務所和住宅。然而摻雜其間，卻又保留著古老的屋舍，顯得突兀。老舊的雜貨店、日式門窗行、槍砲行。這店面我認得——雖然懷念不已，但店門本身關著，看上去已經長年沒有營業了。偶爾遇到正在營業的店，建築物卻是新的，店面整個改頭換面了。

很像，卻不一樣。

有種全都錯位的一點點彆扭感——這種感覺佐代有印象。穿過鬼的旁邊回去拿懷表的神社，就是這種感覺。毫無疑問是平日玩耍的地方，卻覺得不太一樣，讓人不安地想眞的就是這裡沒錯嗎？

也許是擔心深陷在思緒裡的佐代，雅昭問她怎麼了。

「……好像不一樣了，又好像沒變。覺得很微妙。」

佐代從這處舊市街搬過去的新家，位在接續舊市街外側的新市街。大人的話，是騎自行車就可以往來的距離，但是對小孩子的腳程來說，已經是另一片天地，學區也不一樣了。對小學生而言，居住的學區就是全世界。走出學區，就是不同地區。隔壁學區也就罷了，再遠的話，就宛如異國。轉學的時候佐代哭了，朋友也哭了，彼此約定要寫信喔、要打電話喔；但是長大後回頭一看，這點距離根本微不足道。

佐代說出這樣的感受。

「啊，我懂。」雅昭笑道，「對男生來說，就像是敵國。」

「——敵國？」

「會有敵對心理。如果跟隔壁學區的邊界有公園那類地方，就會爲了哪一邊的人可以用而吵架。先去的人可以搶到那天的使用權。」

佐代笑了。

「是不成文規定嗎？」

「也不到這種程度。要是有別的小學的人在那邊，就會覺得很沒意思，改去別的地方玩。不過有時候明明就是我們學區的遊樂場，卻有其他學區的傢伙跑進來玩。這種時候就一定會吵起來。」

「這樣嗎？」

「小時候說到在外面玩，不是踢足球就是打棒球嘛。就算是還算寬闊的公園，頂多也只能供一組人馬玩耍。所以要是被其他學區的人占據，就會叫他們滾蛋。」

「現在也沒有這種情形了吧。」

「應該沒有了吧。聽說現在的父母根本不讓小孩子玩足球或棒球。」

「是喔？」佐代應著聲，彎過轉角。很久很久以前，剛轉過去的地方有家澡堂，但佐代住在這裡的時候應該就關了。隔壁是當鋪嗎？現在兩家都不見了，變成公寓和公寓停車場。再隔壁有兩戶新房屋，那裡以前是什麼？如果沒有勾起記憶的東西，就想不起來。但是再過去有一戶認得的老房子，正面玻璃門和以前一樣敞開著，可以看見屋內脫鞋處。

「……寫租屋合約的時候……」佐代喃喃自語。

「嗯？」

「一遍又一遍填上自己的名字，會忽然懷疑眞的是這樣寫的嗎？」

「會會會。」

「我現在……就是一樣的感覺。」

眞的就是這裡嗎？雖然疑惑，但立刻又出現記憶中的某物，讓自己確定就是這裡沒錯。然而卻又馬上不安起來，眞的就是這裡嗎？

「那天的神社也是這種感覺。明明剛剛還在這裡玩，卻感到懷疑，眞的是這裡嗎？」

佐代覺得光線昏暗也有關係。但是在冬天，應該也有一樣陰暗的時候。因爲必須回家的時間，經常太陽都完全下山了。也不是不熟悉黑暗中的神社。

說著說著，兩人走到新舊民宅林立的一區。佐代停下腳步。

「應該是這邊……」

她對老房子有印象，但外牆翻新，窗戶和屋門也換成了鋁門窗，因此印象不同了。

兩鄰是完全陌生的房屋。再隔壁的屋子年代相當久遠，但蓋了嶄新的車棚和圍牆，因此一樣無法確定。

佐代環顧四面八方嘆了口氣。

「沒想到居然連自己家都認不出來了。」

「是這邊？」

「應該是。會不會是這棟新房子？蓋在拆掉的我們家和隔壁家上……」

類似的房屋排列，前後都有。從房屋與道路的相關位置來看，應該就是這裡，但如果說其實是在更前面，似乎也無法反駁。

「妳在這裡住到幾歲？」

「九歲吧……大概。」

「那妳是幾歲遇到鬼的？」

佐代微微皺眉。

「應該是搬家滿久前的事，可是不記得到底是幾歲。」

「這樣啊。」雅昭說著，拍下附近的景象。

「那，我們去神社看看吧？要繞路過去嗎？」

「嗯。」佐代答道，兩人先走到別的街區，然後繞了一圈，前往神社的表參道。愈是接近神社，步伐就愈沉重。

「以前這裡有手工藝店……」

魚店、蔬果店、雜貨店、寺院、洗衣店，每一家店都不見蹤影，不是蓋了新房子，就是關了。保留過去樣貌的就只有寺院。小時候這裡人潮算多的，但現在幾乎連個行人都看不到。

再走上一段路就是神社。小巧的石造鳥居維持原樣，但周圍的景色已大異其趣。以前三邊都被人家圍繞，但現在旁邊的建築物消失，變成了停車場，因此境內顯得明亮寬敞。

「這裡嗎？」

佐代點點頭。參道從石造鳥居筆直延伸而出，正面是舉行神樂的本殿，旁邊連著倉庫，裡面應該存放著祭典使用的轎子等等。另一側的旁邊有座小建築物。是稻荷神社。旁邊有小祠堂和木門。

——竟然還在。

木門還在，表示夾道也保留原樣嗎？木門是白木，看起來還很新穎。

「梅樹不見了……」

佐代環顧周圍。她記得應該就在參道旁邊有塊大石碑，旁邊有棵老紅梅。

「應該是枯掉了吧。」雅昭說，指著參道旁邊宛如化石的殘株。

「這樣啊……枯掉了啊……」

掛在樹枝上的懷表。

「我記得這旁邊有石頭。堆起來的石頭上立著大石碑……我就是爬到石碑上，把懷表掛在樹枝上……」

「妳幹麼把懷表帶出來？」

「因爲每次都會忘記該回家的時間。玩得失去時間感，每次注意到都太晚了，急忙衝回家，然後挨罵，所以我想說只要帶時鐘來就沒問題了。」

——對，我想起來了。

她連續好幾次晚歸，然後挨了好幾頓罵。她想到可以帶個時鐘來，但又覺得鬧鐘很笨重，能夠帶著走的小時鐘就只有祖父的懷表了，所以才偷偷拿出來。連自己都覺得這個點子眞是讚。

「可是玩著玩著，我發現萬一不小心弄掉表，把它摔壞就完蛋了。」

把表摔壞或遺失，後果不堪設想，因此才會小心翼翼地掛到紅梅樹枝上。把鏈子繞了一圈又一圈，確實地扣好，免得掉落。她還記得自己得意洋洋地對朋友說，掛在這裡，大家都可以看到。

雅昭笑了。

「結果最後根本沒有人在看表，對吧？」

佐代也笑了。

「沒錯。」

「要是記得看表，就不會忘記要回家了。」

「就是啊——結果又一如往常，玩到天都黑了才突然驚覺。那時候我根本就忘了懷表的事。」

得趕快回家才行——佐代滿腦子只有這個念頭，跑向可怕的夾道。穿過夾道，快到家時，才想起了懷表的事。

因此她才又倉皇折返。這時夾道裡已經一片漆黑了。聳立在兩旁的人家都是漆黑的木板牆，延伸在人家之間的細長石板路，對小孩子來說實在太漫長了。前方是一道黑色木門。一道龐然黑影擋在門前。

金織花紋的狩衣、錦緞裁付袴、褐色的蓬髮、金色大眼怒睜的紅臉。如女鬼般的血盆大口……

——眞的有。

不是做夢。正當佐代要這麼說的時候，木門傳來「喀噠」一聲。佐代忍不住驚叫，雅昭被嚇到也一起驚叫，繼續推開的木門現身的年輕男子嚇一跳似地定住了。

從木門現身的，不是鬼或其他妖魔，是個很普通的年輕人。大概比佐代年輕一些。穿著T恤和牛仔褲這種稀鬆平常的打扮，一手拿著木槌，腰上繫著工具袋。

「啊，抱歉。」

雅昭出聲，舉起一手招呼。

現身的男子也鬆了一口氣似地露出笑容，頷首爲禮。

雅昭留下仍餘悸猶存的佐代，走向木門。

「你是木匠嗎？在修理東西？」

男子對走近的雅昭點點頭。雅昭在木門旁邊停步。近旁有座小祠堂。他看了看祠堂說：

「這也在修理嗎？祭祀的果然是役小角呢。」

「是啊。」年輕人答道，「這一帶也很盛行修驗道信仰。」

「你在修理祠堂？還是木門？」

「木門，祠堂是順便……因為破損得滿嚴重的。」

「神社有木門，滿少見的呢。」

「是啊，很少看到。」

「你是這邊的人嗎？」

男子說不是，自我介紹姓尾端。

「我是修理建築物的營繕師。」

「也修理木門和祠堂嗎？」

「基本上只要接到委託，什麼都修。前提是有辦法修的話。」

兩人明朗的對話讓佐代放下心來，走向他們。尾端這個年輕人雖然嬌小，但感覺很機敏。

「這裡為什麼會裝木門呢？」

佐代問，雅昭接話說：

「她小時候住在這附近，說她很怕這條夾道。」

「眞的嗎？」尾端應聲。

佐代隔著他的肩膀窺看夾道。兩側被建築物包夾的細窄石板路，感覺比記憶中更短，是因爲現在天光明亮的關係嗎？

「因爲是天神的小路。」

尾端說，佐代聞言一驚。

「是受到童謠的影響嗎？」雅昭說。

「應該也有吧。不過神社有時會讓人覺得可怕，不是嗎？神域雖然清淨、尊貴，但如果觸犯禁忌，也會變成可怕的地方。」

雅昭和佐代歪頭表示不解，尾端笑道：

「神明本來就是這樣的東西。雖然會保護人，但也會懲罰人。天神雖然被人們視爲學問之神，但最早也是在都城落雷的作祟神。」

聽到落雷，佐代想到雷神的圖畫。這麼說來，雷神的形象也是鬼。

「天神神社裡是不是有鬼？」

她忍不住喃喃自語，尾端不解地問：

「鬼？」

佐代詞窮不知所措，雅昭替她說明。

「她小時候好像遇過鬼，雖然也有可能只是做夢。」

「頭上長角的那種鬼嗎？」

尾端望向祠堂。兩尊塑像毫無疑問是鬼的模樣。

「唔……」佐代含糊其詞，「因爲是做夢……」

說完後，她又補充道：

「是紅臉的鬼……是赤鬼嗎？」

「好像穿著狩衣和裁付袴。」

雅昭補充，尾端表示興趣。

「形象和一般的鬼不太一樣呢。」

「就是說吧？」佐代半帶苦笑，向尾端說明那個堵在木門前的鬼。

聽完後，尾端說：

「那會不會是猿田彥呢？」

「……咦？」

「很像神樂角色的猿田彥呢。」

聽到尾端的話，雅昭回頭看佐代。

「妳之前說這裡會上演神樂，是嗎？」

「是啊。」

「那……是不是把神樂角色的猿田彥誤以爲是鬼了？」

「是嗎……？」

佐代回溯記憶。

「可是，我記得神樂是秋天舉辦的。」

「會不會是爲了練習什麼的，把面具和服裝拿出來穿戴了？」

會是……這樣嗎？然後被氛圍嚇到的佐代，沒來由地害怕起對方？

「當時是什麼樣的狀況？」

尾端問，佐代未加多想地據實以告。她覺得可以對這個人吐露無妨。

「會是神樂的演員嗎？」佐代說。

「我想應該不是。」

尾端說，招手請他們去神樂殿。

「休息一下吧。要不要喝個茶？」

尾端在神樂殿的廊邊坐下來，用水壺的蓋子倒茶招待。

「杯子只有這個，請兩位一起用吧。」

他說，把杯子遞給佐代說：

「這一帶的神社舉辦的神樂，屬於岩戶神樂的一派，非常古老。岩戶神樂據說起源於中世紀。」

「這麼厲害嗎？」佐代說。

「覺得哪裡厲害，應該是因人而異吧。故事主要取材自神話，然後加入出雲流、伊勢流和駈仙神樂、修驗道而成，是這個地方獨特的神樂。一般稱爲岩戶三十三號，有三十三篇劇目傳承下來。雖然舉辦神樂時，不會全部演出，但有些是儀式上絕對不能缺少的，還有因觀眾期待而不能拿掉的劇目。像這間神社這麼古老，神樂又是自古流傳的情況，大多都會花上一整天上演。從白天開演，收場時都入夜了。」

佐代回想過去，點了點頭。

「這麼說來，我有在晚上觀賞神樂的印象。」

雖然聊勝於無，但也有擺攤，會和附近的小孩一起看神樂看到很晚，讓人強烈地感覺是「特別的日子」。

「我記得好像白天有鬼在町內遶境……說讓鬼抱過的小孩會健健康康。」

尾端笑了。

「是啊……負責傳承這些神樂的是專家，不像其他祭典，是由當地人在守護。現在很多都稱爲保存會，但有『神樂講』這樣的組織確實地在薪火相傳，祭典的日子，會請這些人前來指導。」

尾端的話令人意外。佐代一直以爲是町內的人在主持。

「這條街也有一個保存會，舊市街舉辦的神樂，幾乎都是保存會的人在籌辦。服裝和面具也是由他們保管，所以閒雜人等不可能取出那些東西，而且根本不是存放在這間神社裡。」

「可是……這樣的話……」

佐代見到的鬼——猿田彥？——到底是什麼？

被這麼一說，那張紅臉也像是面具。經過旁邊的時候仰頭一看，和俯視的金色眼睛四目相接……

「……不對。」佐代喃喃自語，「那不是面具……」

因爲那雙金眼珠追著佐代的動作移動了。當她經過時，她確實看見鬼斜著眼睛看了過來。

尾端默默點頭，望向木門。

「聽說那裡會設一道木門，是因爲發生過有人從那條夾道消失的事。」

佐代一陣怵然。

「有人消失……」

「以前——不過也不算太久，好像是戰後的事，聽說有女孩在那裡消失。跟在後面的弟弟看見姊姊走進夾道裡，弟弟怕被丟下，也穿過夾道跑進神社境內，卻沒看見姊姊。在那裡等他們的朋友也沒看見他姊姊，說沒有人過來。」

「神隱……」

「算是神隱嗎？那裡好像本來就有人會消失的傳聞。據說設了一道木門後，這種情形就不再發生了。可是漸漸地被認爲只是古老的傳說，木門又老舊了，便把門拆掉了，沒有再設新的門。結果又有女孩消失了。」

——現在不可入內。

佐代感到一陣輕微的眩暈。

「所以聽說神社向認識的靈場要了木材，重建了木門。」

穿過鬼的旁邊進入的神社，異樣地闃寂。周圍的建築物沒有燈光，也沒有人聲或動靜，總是人來人往的大馬路上也不見人影。那個死寂到令人懷疑是三更半夜的場所。

——眞的是平常的那間神社嗎？

佐代被異樣的氛圍壓倒，但還是從紅梅的枝頭解下懷表，回頭一看，鬼就堵在木門那裡，看著佐代。

——去程無事，回程可怕。

她實在沒有勇氣再次穿過鬼的旁邊。

對……所以佐代想要從正面的參道離開。

她從爲了解下懷表而爬上去的石碑跳下來，逃之夭夭地正欲奔向鳥居，結果肩膀被一把揪住了。

整個人被溫和但堅定的力量轉了過去。紅臉金眼的鬼俯視著佐代。

——妳要原路折返。

鬼說完，把佐代推向木門。所以……

「……所以我慌忙返回夾道，逃回家了……」

佐代喃喃道，雅昭和尾端露出訝異的神情。

「回家一看，還沒有開飯，所以我偷偷把懷表放回爺爺的房間，若無其事地去吃飯了。」

聽到佐代的話，尾端微笑道：

「或許那眞的是猿田彥大人。」

如果佐代就那樣從參道離開，或許會迷失在漆黑而無人的詭異街道——除了不見人影之外，沒有任何不同，僅有些微差異——然而卻決定性地錯位的街道。然後這邊的佐代就此消失不見。

大手的觸感在肩上復甦，佐代伸手覆上去。

「……原來他是在保護我……」

尾端瞇眼微笑。

「猿田彥大神是天孫降臨之際，爲邇邇藝尊（註）嚮導的神明，所以也被視爲道路神受到祭祀。」

註：邇邇藝尊亦稱瓊瓊杵尊，是日本神話中太陽神天照大神之孫，也稱爲皇孫或天孫。奉天照大神之命，自高天原降臨高千穗峰，統治日本。

「道路神……」

「猿田彥大神和修驗道也有密切的關係……或許是祂引導了妳，確保妳可以平安回家。」

佐代點點頭，望向嶄新的木門。

「換成新門了呢。」

「因爲舊門已經年久失修了。這次因爲從同一個地方得到了木材，所以把腐朽的部分裁切掉，接上新的木材。接下來只要刷上柿漆就完成了。」

「這樣啊。」佐代微笑應聲。她把杯子還給尾端道了謝，接著久違地前往社殿參拜。依序拜過本殿、稻荷神社、役小角，最後朝木門行了個禮。

——謝謝您。

當時我不明白那有什麼意義，所以遲遲沒有向您道謝，對不起。

一旁的雅昭也一臉嚴肅地跟著行禮。

這下佐代應該再也不會害怕鬼了。

但那首兒歌還是一樣可怕。通往神域的道路，有時候是很駭人的。即使去程無事，也不保證一定能夠平安歸來。

——「可怕歸可怕」……

即使讓她過，佐代也絕不會冒險踏進傍晚時分的小徑——往後也不會。

若聞君如松相待（註）

註：原標題爲和歌集《小倉百人一首》中，第十六首的其中一句，整首和歌的意思爲「我將與你離別往前因幡國，但若聽到你就像那裡的稻葉山上的松樹一樣等著我，我一定會立刻歸來」。日本自古便咸信貓咪走失時，只要寫上這首和歌貼在家中玄關（或貼在碗上，有各種做法），離家的貓咪就會歸來。

「爸爸，小春回來了嗎？」

店面玻璃門發出輕響打開來。俊弘抬頭望去，兒子航正走進門內。

「你回來了。」俊弘招呼一聲，只應說，「沒看見喔。」

「是喔。」年幼的兒子沉聲回應，望向旁邊的老木架上。只有還小的航個頭那麼高的商品架上，並排著一包包茶葉。上面鋪著一張縮緬布座墊。有些褪色的小座墊上空蕩蕩的，給玻璃門外射進來的陽光曬得鬆鬆軟軟。

小春是俊弘的母親養的花貓。這個小座墊是小春的專屬座位。店內日照最好的這個位置，是她中意的地方。白天她總是坐在母親拆開舊和服手縫的這塊座墊上舒適地打盹。

俊弘將目光從小座墊移開，沒事找事地重新整理了一下收銀台旁的茶筅商品。有些垂頭喪氣地穿過店鋪脫鞋處進來的航，經過櫃台旁邊，從敞開的室內玻璃門進入起居間了。他在那裡放下書包，穿過房間前往廚房。一邊從冰箱取出牛奶，一邊看向餐桌。

「那奶奶呢？」

被這麼一問，俊弘心臟一跳。航口中問著，眼睛看著餐桌。老舊的小餐桌上雜亂地擺著調味料和保鮮瓶罐，幾乎已失去了餐桌的功用。

「奶奶要回來了嗎？」

「……不曉得呢。」

俊弘一樣含糊地回答。

同時嚥下這句話，奶奶恐怕再也不會回來了。

兩個月前，母親突然在店面倒下送醫。醫師診斷是蜘蛛膜下腔出血，緊急開刀，保住了一命，但預後不佳。現在幾乎沒有意識，就躺在醫院裡。

航不知道這件事。該不該讓兒子去探望全身插滿管子綁在病床上的奶奶？——俊弘猶豫不決，就在這當中，兩個月過去了。

航背對著俊弘喝光牛奶，把杯子放在流理台上。杯子敲出來的輕聲，聽起來就像嘆息。

四年前，俊弘離婚搬回了老家。老家所在的古老城下町，通學範圍內沒有大學，因此要升大學的年輕人，都必須離開故鄉，往往就這樣在遙遠的城市找到工作並落腳。因爲只有古老可取的地方都市也沒有職缺。

俊弘亦是如此。他爲了就讀都市的大學離家，就這樣在外地工作。然後在外地結婚，有了航這個兒子。離婚的時候，航才剛滿五歲。俊弘的職場經常要加班，也常出差。他認清自己一個人沒辦法養育航，回到了故鄉這裡。幸好老家是從祖父那一代創業的茶鋪，母親代替早逝的父親經營店鋪。雖然是家小店，但也許因爲是城下町，相較於人口，茶道人口算是不少。他認爲應該供得起母親、自己和航三個人糊口。

仔細想想，俊弘自己是在五歲的時候喪父的。航同樣在五歲失去了母親，還必須和同一個公寓社區的朋友及幼稚園的朋友道別。航寂寞哭泣，將他從孤獨中拯救出來的，就是小春。

小春成了航的玩伴和說話對象——當然小春不會回話，但航只要對她說話，她便會一臉瞭然地聆聽——晚上則是一同入眠；然而小春卻不見了，已經半個月了。

此後，航每次從外面回來，都一定會問，「小春回來了嗎？」每次俊弘都含糊以對，嚥下該說的實話。

——小春再也不會回來了。

因爲小春已經死了。

俊弘的母親是個愛貓人，在俊弘的記憶裡，家裡總是有貓。不過母親就像鄉下老人家那樣，用傳統的那一套方法養貓。也就是讓貓自由在外面活動。

過去母親養的貓，全都是愛什麼時候出門就出門，想回家的時候就回家。玄關的老門上還特地開了個洞，讓貓可以隨時進出。不過這個玄關也只有貓會走。玄關面對店旁的窄巷深處，而這條窄巷連撐傘的寬度都不夠，要是提著東西，甚至無法順利通行。由於往來不便，人都從店門口進出。母親經常笑道，「我們家會規規矩矩地走玄關的就只有貓。」

因此半個月前的某一天，小春沒有回家，俊弘也不怎麼擔心。因爲一晚不見貓影是常有的事。

然而到了隔天。

俊弘一早打開店面鐵門要拿報紙，發現小春冷冰冰地躺在店門前的馬路上。從那淒慘的模樣，一眼就可以看出八成是被車撞了。

應該是慘遭車禍，但還是掙扎著要回家吧。路面上殘留著被輾斷的腳拖行的血跡，以及點點血滴，朝旁邊的窄巷延伸而去。然而小春沒能走到窄巷，便力盡身亡了。

既然是放養，這就是有可能要面對的後果，可是一想到小春沒有人救治，也沒有人送終，就這樣走了，他心碎不已。俊弘撫摸小春冰冷的身體，慰勞她堅強的努力，小心翼翼地用布包起她，埋葬在後院角落。但直到現在，他都無法向航坦白這件事。

他知道非說不可——小春的事，還有母親的事。儘管明白，卻怎麼樣都下不了決心。就在拖拖拉拉猶豫的時候，時光流逝，一想到「事到如今再說也太晚了」，更是開不了口。

就在俊弘爲自己的沒出息嘆氣時，傳來航呼叫小春的聲音。不是家裡，而是有段距離的別處。

俊弘回頭看起居間。起居間和更裡面的廚房都沒有航的人影。這棟老舊的小房子除了起居間和廚房以外，就只有無人使用的玄關、陡急的階梯、廁所和浴室了。從店面幾乎可以看遍每一個空間。航不在一樓。起居間旁邊的樓梯上也沒有航的氣息。「小春！」聲音再次響起。似乎是後院傳來的。

俊弘踏入起居間，前往廚房。從廚房和浴室之間的後門往外看，原來航在狹小的後院裡。他站在籬笆前，對著後面的民宅喊小春。

「……怎麼了？」

航一臉泫然欲泣地回頭，手上握著貓糧的袋子。

「不可以去後面的人家嗎？」

「怎麼了？」

籬笆另一頭是一戶古老的空屋。俊弘上國中的時候，那裡獨居的老婦人過世，此後就一直沒有人住，成了空屋。

「我覺得小春在那裡。」航說，「昨天晚上我聽到貓叫聲。」

俊弘輕嘆了一口氣。空屋似乎成了野貓窩。明明不是繁殖季節，入夜以後卻經常聽見擾人的貓叫聲。

那戶人家本來就有許多貓。俊弘這些小孩都叫以前住在那裡的老婦人「貓婆婆」。雖然也養了兩隻狗，但他記得隨時都有至少十幾隻貓。貓婆婆也會餵浪貓，所以寬闊的土地裡總是聚集著許多貓，是現代人說的「貓屋」。母親雖然會抱怨貓叫聲和屎尿臭味，但也只是苦笑說「那個老婆婆很愛貓嘛」，每次家裡養的貓走失了或死掉了，她就會去要小貓回來。附近人家的反應也多半如此。如今回想，眞是個寬容的時代。

老婆婆過世後，那裡就一直是空屋。老婆婆沒有小孩，似乎也沒有往來的親戚，一個人寂寞地過日子，是個有些乖僻的老人家。屋子的所有權不知道怎麼了——應該是由某個親戚繼承了，但一直放到現在都沒有人住。偶爾也會看到似乎是暫住的人，不過也沒有定居下來，基本上空了將近二十年。尤其是這幾年，完全無人進出。建築物在風吹雨打下，加深了荒廢的色彩。屋頂也歪曲了，屋瓦看起來隨時都會崩坍。因爲危險，俊弘嚴厲交代過航絕對不可以靠近。

「那裡很危險，不可以進去——而且那裡是別人家。」

「可是我覺得小春在那裡。」

航重申。

「小春沒有回來，是不是因爲她動不了？所以她一定是在叫我去救她。」

俊弘搖搖頭。

「那不是小春的聲音。從以前就一直都有貓叫聲啊。小春不會在那裡，貓也是有地盤的。」

聽到俊弘的話，航垂下頭去，童稚的模樣讓人心痛不已。

——得告訴他才行。

讓航這樣繼續空等，絕對不是好事。就在俊弘立下決心準備開口時，航無精打采地折回家裡了。看到那張嘴唇緊抿、強忍淚水的表情，俊弘什麼都說不出口了。

俊弘目送從後門進入屋內的航，望向庭院角落。

小春就在那裡永眠，連墓碑都沒有。

隔天早上。

「爸爸，小春呢？」

被唐突地這麼一問，俊弘吃驚地回望背後。停下切味噌湯蔥花的手看過去，航穿著睡衣站在那裡。

航轉動頭髮亂翹的頭，張望著起居間和廚房，像在尋找什麼。

「怎麼了？」俊弘微笑回答，「還沒睡醒嗎？」

「我醒了啦。」航噘起嘴巴，彎身探頭看狹窄的起居間和廚房兩邊的陰暗處，喊著「小春」。

「是又跑出去了嗎？」

跑去玄關看的航喪氣地折返。

「航，小春她……」

俊弘說到一半，被航打斷了。幼小的臉上浮現耀眼的笑容。

「小春昨天晚上回來了。」

「──昨天晚上？」

「嗯，她跑來我床上了。」

航說著，走向起居間旁邊的盥洗室。屋齡六十年以上的老房子，盥洗室只是虛有其名，其實只是一處擺了洗臉台的半張榻榻米大凹處而已。

「你是不是做夢啦？」

俊弘努力輕鬆地說。

「才不是。」航一口咬定，「我沒有爬起來看，可是小春在我旁邊發出呼嚕呼嚕的聲音。我叫小春，她就磨蹭我的肩膀。」

俊弘困惑地回看開心的航。

「我心想太好了，一下子就睡著了。」

看見拿著牙刷回頭的航那開心的笑容，俊弘知道他不是在撒謊。小春喜歡睡在航的床上。天冷的時候就鑽進被窩裡，天氣好的話就躺在被子上，和航相依相偎著入睡。

「我本來想爬起來陪她玩，可是太睏了。」

航說完後，又得意地接著說：

「喏，小春果然是困在後面人家了。她一定是聽見我昨天叫她回家。」

航笑道，輕嘆了一口氣，以大人般憂愁的聲音說：

「……其實我本來有一點點擔心，小春或許不會回來了。」

航喃喃似地低聲說完，望向廚房的小餐桌。俊弘窮於回答，只說「這樣啊」。

「可是小春髒得要命。」

「髒得要命？」

「嗯。她臭死了。」

航帶著笑容皺眉頭說：

「得幫她洗個澡才行。」他洗了臉，笑道，「小春一定又會反抗。」

俊弘對難得喋喋不休的航漫應著，準備早餐，張羅他吃飯。確定他在收拾東西準備去上學後，從起居間走下店面，為開店做準備。小巧的老店面彌漫著滲透到每一個角落般的馥郁茶葉香。

「我去上學了。」

背著書包的航走下店面，打開玻璃門跑出戶外。目送他衝進小學路隊裡，俊弘從起居間旁邊的樓梯走上二樓。

航的房間裡，地上的鋪蓋沒有收。俊弘攤開堆成一團的航的被子，確實小春總是躺在那裡的位置上——航的右側——沾到了些許污漬。這是什麼污垢？——就像抹到了某些茶褐色的東西，湊上鼻子一聞，臭到讓人忍不住皺眉。

看來昨晚確實有東西在這裡，但那不可能是小春。是野貓嗎？俊弘抓著微髒的被子望向窗外。

他覺得屋後的房子裡一定有貓。雖然沒親眼看見貓進出，但一直有擾人的貓叫聲，所以確實有貓吧。如果有野貓定居在那裡，或許也會有貓誤打誤撞從「小春專用門」進入家中。不知道是不是貓的習性，奇妙的是，從來沒有野貓從玄關闖入家中，但也不是不可能的事吧。

野貓還會再跑進來嗎？如果發現那不是小春，航會大失所望嗎？還是會轉爲愛上那隻貓，忘了小春？

要是這樣就好了——俊弘拆下航的被套心想。

這天下午，兒時玩伴松原到店裡來了。在同一個町開酒行的松原，經常跑來俊弘的店摸魚。

「我媽叫我拿這給你。」

松原說，舉起裝著保鮮盒的塑膠袋。他在進入起居間的高框坐下來，袋子就擱在一旁。

「是燉菜和串燒，給你們配晚飯。」

兩人從幼稚園就認識，兩家人也彼此熟悉。

「不好意思，替我謝謝阿姨。」

「嗯。」松原點點頭，「昨天理髮店的大叔說去探望阿姨了。」

「大叔去探望我媽嗎？那麼遠……眞是不好意思。」

「一邊是寡婦，一邊是鰥夫，他們兩個感情又很好。大叔整個人好頹喪，聽說阿姨還是完全沒有意識？」

俊弘點點頭說：

「醫生說有可能就一直這樣了，或許無法期待復原。」

「這樣啊。」松原嘆氣，「那你帶小航去看奶奶了嗎？」

俊弘搖搖頭。

「這樣小航太可憐了吧，讓他去看看奶奶吧。」

「嗯。」俊弘含糊地應聲。

就算奶奶變成那樣，還是應該讓航去見她嗎？

「你爲什麼不想讓小航去探望？」

俊弘答不上來。

「貓的事也是……你還沒說吧？」

這問題也一樣只能點頭。

每天一定倒新的乾飼料，一從學校回來就問「小春呢？」——看到這樣的航，俊弘心裡清楚，明明根本毫無指望，卻讓他不斷空等，是多麼殘忍的一件事。應該好好告訴他才對，一開始就應該說的——他已經後悔無數次了。

「爲什麼？」

松原追問，俊弘說：

「我也不是故意的……就陰錯陽差變成這樣了。」

「陰錯陽差？」

只能說一切都是時機不巧。

清早發現的小春，死狀太淒慘了。一看就知道是被車撞了，因爲太令人痛心了，俊弘拿了條浴巾把她包起來。這時他聽見航起床下來的腳步聲。

俊弘自己也因爲小春的死而遭受到不小的打擊。他沒有時間去消化這份衝擊。他心想至少要把小春包起來，隨手從盥洗室拿了條浴巾，那條浴巾剛好是白的。被白色的浴巾包裹、車禍痕跡一目瞭然的小春那模樣，不容分說地讓他想起了另一個死亡。

——是航的母親。

航的母親——俊弘的妻子，是在四年前離家的。俊弘從當時上班的公司回到自家公寓一看，她的人和東西全都不見了。住處只留下年幼的航和離婚協議書。

他不知道妻子爲什麼離開。兩人雖然也會意見不合，但從來沒有發生衝突。俊弘本來就不喜歡與人爭執，因此總是在發生衝突前主動妥協迴避，也不曾爲此感到不滿。因爲是雙薪家庭，他也會分擔家事，比起熱愛交際、外向活潑的妻子，感覺更像是俊弘在守著這個家。實際上，比起和同事出去吃飯喝酒，俊弘更喜歡在家陪航玩耍。對於待在家裡照顧航，等應酬晚歸的妻子回家，他也沒有怨言；然而妻子卻突然連個理由都沒有就走了。

妻子似乎回娘家了，但她堅持不接電話。俊弘詢問接電話的岳母理由，卻得不到答案。岳母說，我女兒說她不會回去了。因此俊弘在離婚協議書上簽名蓋章寄過去，但俊弘輕易同意離婚，似乎反而讓妻子和岳父母驚慌失措。不過自從看到在黑暗的家中哭到睡著的航以後，俊弘就失去了挽回妻子的念頭。其他事也就罷了，把航一個人丟在黑暗的家中，一走了之，這件事他絕對無法原諒。

兩年前，前妻——正確地說是前岳母——聯絡了俊弘。她突然打電話來，說前妻遇到車禍。俊弘想要帶航趕過去，前岳母卻說「不要帶小航來」。所以俊弘一個人趕去，看到的是前妻全身繃帶、插滿管子的淒慘模樣。儘管是已經離婚的前妻，那模樣還是讓他相當震撼。據說她是和男性友人兜風的時候遇上車禍。醫生似乎說無望痊癒，不是就這樣嚥氣，就是以植物人的狀態撐著。前岳父母傾訴說，那名男性友人是有婦之夫，對方一樣重傷，而且家屬無法接受兩人的關係，實在不可能幫忙出醫療費——也就是說，如果以這種狀態撐下來的話，就需要經濟方面的援助。

結果前妻在五天後斷氣了。俊弘爲前妻送終後，返回老家。他沒有參加葬禮。

「……我要用什麼身分參加葬禮？」俊弘向松原說明，「老實說，我覺得我也沒義務參加。」

「這個嘛……說的也是。」松原點點頭，「我倒是很佩服你在她的床邊陪了五天。」

「我前岳父母不肯放我走，而且又有糾紛。」

「糾紛？」

俊弘點點頭。和前妻一起遇上車禍的男性友人也被送進同一家醫院。一開始，男子聲稱當時駕駛的是前妻。男子的妻子和家屬天天跑到病房前叫囂要他們負責。

「結果我前妻過世之前，警方的調查就證實了是男方開車，但就是因爲有這些糾紛，我前岳父母才會把我找去吧。不想讓航一起去，可能也是這個關係。」

對方應該也是不想讓孫子看見母親慘不忍睹的模樣，但實際想法並不清楚，最後俊弘只能對航說「媽媽出車禍了」就離家了。前妻過世的事，是醫院打電話來告訴母親的，母親應該也轉告航了。只是她應該無法解釋得讓年紀尚小的航理解，俊弘回來的時候，航似乎搞不清楚狀況。「媽媽受傷了嗎？痛痛嗎？」航問俊弘，所以俊弘說明「媽媽已經去天堂了，所以已經不會痛了」，但七歲的孩子能理解多少，令人存疑。結果對航來說，母親的死亡依舊缺少了眞實性。

「我用浴巾把小春包起來——結果聽到航起床的聲音，我嚇了一跳，然後看了一眼小春，看見她被白布包著……」

這一幕讓俊弘不由自主地想起了趕到醫院時看到的前妻模樣。航知道母親「死於車禍」，但並未理解。然而現在卻可能讓他目睹活生生的死亡，因此俊弘情急之下藏起了小春的屍體。

「這樣啊……」松原低語。

「而且我媽又是那種狀況……」

俊弘的母親在店裡倒下時，航還在學校。俊弘拜託鄰居在航回家時照顧他，和母親一起上了救護車。醫生說需要立刻開刀，送去了很遠的醫院。這是鄉下地方的宿命，不光是缺少大學和工作，也缺少能治療重大傷病的醫院。不過手術還是順利結束，母親狀態穩定下來，因此俊弘回家了。隔天俊弘帶航去看奶奶，當時母親也恢復了清楚的意識。她說「抱歉害大家擔心了」，打趣地談論昏倒當下的疼痛，還向孫子保證「奶奶會加油好起來，快點回家」。醫院很遠，還有生意要顧，因此沒辦法時常去探望。結果就在無法探望的期間，發生了第二次出血。

這時航也在學校，所以俊弘接到醫院通知，一個人趕去，結果後來母親再也沒有恢復意識。一開始甚至無法會客，因此自從手術後見過那一面以來，航一直沒有再見到奶奶。所以他對奶奶的記憶，就停留在奶奶說「我會快點回家」的那一幕。

「欸……你是幾歲的時候開始理解人死這回事的？」

俊弘問，松原歪起頭尋思。

「幾歲喔……小學的時候我爺爺過世，可是那時候我完全沒感覺。雖然是在家裡送終的。可是六年級的時候，家裡養的狗差點死掉，我記得我怕得要命。應該是知道死亡是怎麼一回事，而死亡就即將發生在眼前吧。在那之前我外婆過世、鄰居的老爺爺過世……應該是漸漸理解的吧。」

俊弘點點頭。俊弘自己也無法回想起自己的情況。父親是在他上小學以前離世的，而且他對父親的記憶相當淡薄。後來有親戚過世，街坊鄰居也有人過世。這處老街還保留著街坊互助的「鄰保班」制度。簡而言之就是「鄰組（註）」。以前町內有人過世，也是鄰保班協助辦理喪事，應該是在這樣的過程中自然而然地理解了吧。如果能夠，他希望航也能如此潛移默化地理解。

或者這是他的任性？

母親的死、祖母的病情、小春的死——航的身邊有太多的「死亡」了。如果告訴航小春的死，這次他能夠理解嗎？到時他也能重新理解母親的死嗎？然後得知祖母也一樣性命垂危，他會有何感受？

俊弘無法想像，也不知道該如何撫慰航應該會遭受到的衝擊。因此關於祖母的病情，他無法明確以告，連小春的事也說不出口。

「……我覺得自己實在很沒用，但就是下不了決心……」

俊弘說，松原點了點頭。

「有時候也只能交給時間解決了。」

他如此笑道，留下一句「拜」，回去了。

這天航一放學回家，劈頭就問，「小春呢？」

俊弘猶豫了一下，只說「沒看見耶」。

接下來航便留在玄關打開作業簿。結果他就這樣在玄關等小春等到深夜，俊弘再三催他去睡，他才總算上去二樓。後來俊弘也打開自己房間的紙門留心動靜，但沒有貓走上二樓。屋後人家的貓擾人清夢地叫著。

不過，深夜他聽見航睏倦地喃喃「小春」的聲音。應該是夢話，但聲音莫名地清楚。

——航果然是做夢了嗎？夢見小春回來了。

如果是夢，就更讓人不忍心了。俊弘因罪惡感而失眠，隔天早上，航一副理所當然的態度問他：

「爸，小春呢？」

昨晚的夢話果然是夢見小春吧。

註：鄰組是第二次世界大戰時，日本政府用來管理國民的地區組織。以數戶爲一單位，隸屬於町內會、部落會。

「昨晚小春應該沒有回來啊。」

「回來了啦。」航開朗地斷定說，「我叫小春，小春就用身體磨我。」

「你倒是說了夢話。」

「那不是夢話，我摸了小春一陣子。」

「這樣啊。」俊弘苦笑，沒有再繼續追究。他送航出門上學後，上去二樓折棉被，結果看到航的被子，皺起了眉頭。

被子昨天的位置上，有被抹上去的污漬。

昨天確實拆下了髒掉的被套，換了乾淨的被套。然而卻又沾上了新的污漬。散發惡臭的紅褐色污漬。

是野貓嗎？又跑進來了？

但俊弘昨天一直到很晚都沒睡。面對走廊的紙門開著，而且航的房間在俊弘的房間後面，如果有東西經過走廊，他不可能沒發現。尤其是航的那句夢話「小春」，如果眞的就像他說的，是對眞的貓說的，俊弘一定會發現有貓才對。

這麼說來，航每天都會替小春換新的貓乾飼料。玄關旁邊的乾飼料沒有動過的樣子。假設眞的有野貓溜進來，會對食物完全視而不見嗎？

以野貓來說，這未免太奇怪了。

俊弘當天去附近的電器行買了感應燈回家。以電池供電，只要有物體經過感應器前面，燈就會亮。他把感應燈放在二樓走廊上，打開紙門等到半夜，但燈一次也沒有亮過。

果然是航在做夢嗎？隔天早上，俊弘懷著難以釋然的心情起床更衣，他一走出房間，馬上就注意到了。

航的房間紙門開著。

剛好是一隻貓可以穿過的寬度。

難道……俊弘窺看航的房間，但還在夢鄉的航的周圍沒看到貓的影子。

俊弘困惑地檢查紙門。隱約嗅到一股臭味——小春總是會靈巧地推開紙門。自從俊弘和航搬回來以後，航的身邊就成了小春的睡窩，冬天即使航覺得冷而把紙門關上，小春也會自己推開門，鑽進航的被窩裡。

剛好就是這寬度——俊弘心想，檢查睡覺的航的周圍。棉被上的那個位置，今天也沾上了污漬。

又來了，可是那絕對不是什麼野貓。不僅不是野貓，或許甚至不是生物。

這天晚上，航入睡以後，俊弘用東西擋住了小春進出的玄關。他不希望來歷不明的怪東西靠近航。光是堵住出入口還無法心安，這天晚上他一樣打開紙門躺下來，監視著走廊。後面的人家，今晚一樣有貓在叫。

後來過了多久？昏沉睡著的俊弘感到呼吸困難，醒了過來。房間裡莫名陰暗，甚至看不清楚周圍。不過他聞到一股腥臭味。腥臊而溫暖，像呼吸般的一團氣息飄向臉龐。

——有東西。

俊弘心想，想要活動，卻力不從心。有東西壓在蓋著被子的胸口上，重到幾乎呼吸不過來。

俊弘拚命吸氣，胸口稍微抬高了。同時，他感到尖銳的東西隔著被子扎進皮膚裡——就像貓爪一樣。

無法呼吸。

俊弘拚命吸氣，覺得自己被綁在了床上。戴著氧氣面罩的母親、插管的前妻。白色的病床，無機質的機械聲——原本就黑的視野被黑暗侵蝕，最後墜入一片漆黑。

——或許是做夢了。

隔天早上，俊弘就像平常一樣醒來，一陣輕微的胸悶後，他想起昨晚的夢。就彷彿躺在病床上的是自己，就這樣死去……

渾身倦怠無比。撐起身體，胸口一陣作痛。低頭一看，被子的胸口處隱約殘留著污漬。湊近鼻子一聞，有股惡臭——是留在航的被子上的污漬。

難道那不是夢嗎？可是，那千斤重般的重量絕對不是貓。

不可能是現實——俊弘微微搖頭。因爲不管夜再怎麼深、即使沒有燈光，房間裡也不可能暗到什麼都看不見。

俊弘納悶著，走下樓梯，嚇了一大跳。走下樓梯就是起居間，隔開起居間與廚房的玻璃門向來是開著的，因此一下樓直接就可以看到廚房。

整個地上灑滿了粉。

「怎麼搞的？」

俊弘自言自語，環顧廚房。流理台下、餐具櫃，所有的櫃門都打開了。各種東西被拖到地上，袋子被咬破。中央掉著一個大圓罐。約有茶罐兩倍大的罐子蓋子脫落，裡面的粉灑了出來。

是小偷嗎？俊弘想，但起居間沒有被翻箱倒櫃的樣子。感覺像是有人在廚房找東西吃。

俊弘一邊撿拾周圍的物品，一邊走進廚房。掉落的罐子，裡面裝的是柴魚塊和小魚乾磨成的粉。俊弘的母親不用人工調味料，都使用這種粉。母親病倒後，俊弘也繼續使用，所以記得罐子裡還剩下多少。罐子裡應該還有七成的量才對，然而除了現在灑在地上的粉以外，幾乎全空了。即使把地上的粉掃起來，也實在不足七成——俊弘想著，彎下身去，在粉上發現了腳印。

那確實是動物的腳印，但以貓腳印而言，看起來有點太大了。是什麼動物跑進來了嗎？

但屋子門窗緊閉。爲了慎重起見，俊弘掃視了一下，廚房的窗戶關著，通往後院的後門也從屋內鎖上了。他也回頭看店面，但店面和住家之間的玻璃門關著，旁邊的玄關門也一樣關著——除了小春的玄關。

小春的玄關，只是把玻璃門下方的木板部分割出一個方洞而已。爲了擋風，剪了一塊透明檔案夾，用膠帶貼上去。能夠從那裡進出的，頂多就只有貓吧。只有這點大小而已，而且那個洞昨晚他也堵起來了。

然而堵門的東西被移開了。那是用來裝傳票的紙箱，雖然小，但重量十足，現在它被推到旁邊去了。看起來是被從洞口鑽進來的某物用力推開的。那應該就是每晚跑去找航的東西。紙箱表面抹上了紅黑色的污漬。

確認這一點後，俊弘發現淡淡的白色腳印延伸到玄關地板和泥土地上。腳印朝小春專用的門口消失了。

俊弘時隔許久地打開玄關門。左右張望，是龜裂的混凝土路面，但窄巷裡沒有發現腳印。左邊的巷弄另一頭，是後方的空屋——是從那裡跑過來又跑回去嗎？果然是野貓嗎？

俊弘回想起昨晚的重量。就算貓坐在胸口，但有可能重到讓人沒辦法呼吸嗎？

俊弘尋思著，回到玄關。一塊榻榻米大小的木板地角落，並排著兩個白色器皿。一邊裝著清水，另一邊盛著貓乾飼料。但飼料沒有減少，就和昨晚航新裝的時候一樣，堆成一座小山，甚至沒有貓用鼻子去頂過的樣子。

——看也不看這個，直接跑去廚房？

俊弘帶著懷疑，以目光循著腳印看去，發現了一件事。腳印當中，有幾個拖行的痕跡。

他一陣心驚。

死去的小春，有一隻腳被輾斷了。

……難道……

俊弘心想，但立刻搖頭苦笑。

——小春已經死了。

埋葬在泥土底下的屍體不可能復生。看起來像拖行，只是剛好像罷了吧。再說，腳印本來就不清不楚。

俊弘想著，望向時鐘，發現差不多是該叫航起床的時間了，慌忙開始收拾廚房。

「爸，小春呢？」

不出所料，航起床後第一個就問。俊弘一如往常，只應說「沒看見」。航一臉不可思議地環顧起居間。

「明明昨天晚上還在啊。」

「她又回來了嗎？」

俊弘問，航點點頭回答：

「她在平常的位置陪我一起睡覺。我摸她，她就開始呼嚕呼嚕。」

航說著，開心地笑了。

「聽到那聲音，我一下子就睡著了。」

「這樣啊。」俊弘只隨口應聲，內心卻不安極了。如果只是有野貓跑進來就好了，但萬一俊弘昨晚做的夢其實是現實的話呢？

——眞的可以讓那東西靠近航嗎？

利爪的觸感在胸口一帶復甦。同時忽地掠過腦際的，是在店面倒下的母親脖子上的傷痕。當時俊弘去參加商店街的會議，店裡的常客發現倒在地上的母親。常客幫忙叫救護車，也立刻派人去開會地點的蕎麥麵店通知俊弘，但倒下的母親後頸有傷。傷雖然不深，但看起來像是被銳利的東西抓過，微微滲血。當時他以爲是倒下的時候，被商品架的角之類的東西刮到，但……

緊急開刀後醒來的母親，不記得倒下當時發生了什麼事。她只說快倒下的時候，頭痛欲裂，感覺快吐了。

——應該沒有關係吧？

不可能有關係，俊弘自問自答。他覺得因爲做了奇怪的夢，變得疑神疑鬼了。

但是送航去上學以後，俊弘仍然無法擺脫不安的情緒。有種不祥的預感。他非常擔心航。

或許那眞的就是預感——上午他接到了一通電話。

拿起話筒，電話彼端傳來的是前岳母的聲音。時隔兩年聽到的亡妻母親對他的稱呼，「阿俊。」

「好久不見。」前岳母說。俊弘一陣詞窮，漫然地應聲，前岳母說，「在想你最近怎麼了。」她詢問俊弘的近況，然後打聽航的狀況。

「他很好。」俊弘只這麼說。

「小航已經四年級了？」

俊弘說是，岳母支吾了一下，令他有不好的預感。

「其實……我們在想差不多該收養小航了。」

瞬間，俊弘不懂對方在說什麼。

「我女兒生前一直惦記著小航的事，說一定要把他接回來。」

俊弘啞然，答不出話來，前岳母單方面地滔滔不絕起來。只有父親，照顧得不夠周到，孩子還是需要母親。女兒生前原本要收養小航的，被送到醫院的時候，她直到昏迷前一刻都一直記掛著小航。她說著好想見小航，然後就昏迷了。你是不是也差不多想要再找對象了？到時候如果身邊跟著一個兒子……這是我女兒的遺願。

話語的片段扎刺著耳朵。是令人不快、憤怒的言語洪水。

——當時前岳父母明明說送醫的時候人已經沒有意識了。而且前妻當年是丟下航離開的。前妻臨死的時候，他們也沒有表達任何想要收養航的意願，後來連一次都沒有聯絡。

有太多想要回敬的話，對方卻不給他反駁的空檔。胸口好痛。是昨晚被不明物體的爪子刺到的地方。這麼說來——前妻總是把指甲留得很長。

——自己在想些無聊的事。

他覺得自己因爲混亂過度，就快發飆了。就在這時——

「怎麼了？」

有人叫他，抬頭看去，是松原。

俊弘鬆了一口氣。衝上腦門的血氣逐漸消退，稍微冷靜一些了。

「抱歉。」俊弘打斷前岳母，「店裡有客人。」

明明應該聽不到電話裡前岳母抗議的聲音，松原卻瞭然於心地點點頭，拉開嗓門，

「不好意思，我趕時間，可以快點幫我包一下嗎？」

他如此伸出援手。

「啊，順便幫我附上禮簽。」

「我要掛了。」俊弘說，「不管你們說什麼，我都不可能放棄航。」

他強勢地說完，單方面地掛了電話。他吁了一口氣，松原就像平常一樣，逕自在起居間的木框上坐了下來。

「看來我來得正是時候。」

「多虧你解救了我。」俊弘應道。他正要向滿臉好奇的松原說明狀況，發現他的膝上放著一個小紙箱，裡面傳來東西動來動去的聲音。他納悶是什麼，結果裡面細細地傳出一聲「喵。」

俊弘吃了一驚，松原打開箱子。瞬間一顆小頭探了出來，是還帶著一身絨毛的黑白小貓。

俊弘驚訝極了，松原說：

「說是丟在隔壁倉庫前面的。」

松原家的酒行隔壁是傳統榻榻米行。店面旁邊有停放做生意的卡車的停車場和倉庫。

「隔壁因爲上代老闆的遺訓，禁止養貓。」

松原笑道。榻榻米行現在的老闆是俊弘和松原的學長，家裡一直都不許養貓。好像是因爲萬一貓在用來賣的榻榻米上磨爪，就甭做生意了。

「雖然這麼說好像有點那個，但或許可以讓小航轉移一下注意力。」

這天，放學回家的航看到小貓，歡呼起來。

「可以養嗎？」

航滿臉發光地說，但立刻又轉爲複雜的表情。

「……小春會不會生氣？」

他不安地說：

「會不會又不肯回家了？」

「不會的。」俊弘應道，「不管那個，先幫牠想個名字吧。」

航開心地點點頭，抱起小貓。這天晚上就忙著顧小貓，似乎不再盯著玄關了——俊弘覺得這是好現象。

如果那是野貓，感覺到屋裡有小貓，從此敬而遠之就好了。

——可是，萬一……

萬一那是野貓以外的別的東西呢？

答案很快就揭曉了。

隔天，連名字都還沒有取的小貓死了。

一樣是俊弘發現的。

航以爲是小春的某種東西，昨晚似乎沒有進來家裡。航有些沮喪地從二樓下來，探頭看擺在起居間的紙箱裡面，表情變得柔和。小貓窩在航放的毛巾裡，被他用指頭戳了戳，醒了過來，抓著航的手玩了一陣。

好不容易把想要一直玩下去的航送去學校，俊弘前往店面。他爲了商店街的事被叫去斜對面的手工藝店談了一下，短短十分鐘就回來了。

談完回到店裡，一腳踏進門內，他就察覺了異狀。從店面隔著櫃台看見的起居間，顯然被翻了一遍。

就像某天早晨那樣。從起居間到廚房，所有東西都被拖出來亂翻。其中掉落著紙箱的殘骸。紙箱遭到撕扯破壞、壓扁，附近的牆邊掉著一團毛巾。是昨晚航放進小貓的紙箱裡的毛巾。

俊弘提心吊膽地拎起毛巾打開來。小貓渾身是血，死在毛巾裡。怎麼看都是連同毛巾被咬爛了。

瞬間冒出來的念頭，是「絕不能讓航發現」。不能讓他看到小貓這模樣。

——你又要重蹈覆轍嗎？

心中一道聲音響起。

不可能瞞得住。航放學回家，一定會問小貓去哪裡了，但也不可能讓他看到小貓淒慘的屍首。輕微的恐慌之後，俊弘選擇的做法，是打電話給松原。

「你可以過來一下嗎？」聽到俊弘這話，松原立刻趕來，看到起居間的慘況，驚叫起來：

「發生了什麼事？遭小偷嗎？」

「不是。」俊弘回答——沒錯，第一個應該懷疑要遭小偷吧，但他確信絕不是小偷。

「你覺得應該怎麼跟航說？」

俊弘問，松原回答：

「這是你該決定的事吧？」

他溫和地說，接著又說：

「不說也是一個方法。就算是大人，也是會做出窩囊的事。不過你必須弄清楚，你是覺得小航可憐，所以說不出口，還是自己太難受了，所以說不出口？」

俊弘點點頭。

總之，俊弘先幫小貓擦拭乾淨，這段期間，松原幫忙收拾起居間和廚房。俊弘趁著空檔，說明這陣子發生的怪事。

「看不見的某種東西？」

松原不解地歪著頭說，又說：

「確實不像人類幹的……」

他指著被咬破的座墊說：

「野貓不可能搞成這樣。是野狗之類的跑進來了嗎？」

「狗？怎麼進來？」

店面的玻璃門關著。雖然沒有上鎖，但因為要暫時離開店裡，所以他拉上門簾遮住了。只要關上玻璃門，沒有空隙可以讓狗進出。唯一的可能就只有小春的玄關，但狗不可能鑽得過那個小洞——起碼能做出如此凶暴的行徑的大狗不可能。

俊弘將擦拭乾淨的小貓放進紙箱裡這麼說明。

「說的也是……」松原沉思地說。

「如果有東西進來，就只有貓了。後面人家好像變成野貓的巢穴了……」

「你說貓婆婆的家嗎？」

松原說，想到某事似地走下店面出去了。很快地，傳來經過建築物旁邊巷弄的腳步聲。俊弘打開玄關一看，松原正從巷子筆直朝後方的廢屋走去。

俊弘也跟了上去——未加深思，就抱著裝小貓的紙箱。

俊弘家與後面人家之間，只有一道聊勝於無的籬笆。母親每一季都會修剪，因此應該是俊弘家種的，但其實他也不清楚。籬笆另一頭是徹底荒廢的狹小庭院、半塌的水井和屋稻荷神祠堂，再過去就是屋簷歪斜的廢屋。

松原隔著籬笆看了後面一會兒，唐突地分開籬笆，進入後面的院子。俊弘拿不定主意要不要跟上去，站在那裡看著，只見松原在庭院四處探頭窺看，然後走近建築物。

面對後院，有道老舊的木框玻璃門。應該是以前的廚房後門。玻璃幾乎都破光了。

松原從破口窺看屋內，扳動卡住的門框打開來。把頭探進裡面，左右張望，踏進去一步，發出聽不清楚是「噢」還是「哇」的驚叫。

「怎麼了？」

松原驚慌失措地縮回腳，皺起眉頭看著屋內。俊弘察覺到不尋常的氛圍，把紙箱放在地上，分開籬笆跟上去。

穿過荒廢的後院，走到松原旁邊，看到的是家具什物都留在原地、像是倉庫的房間，以及散落一地的某些東西。

一進去的地方，是約四張榻榻米半大小的土間（註），右邊敞開的門內是老廚房。正面牆上有燒洗澡水的爐口，那麼牆上的小窗是浴室窗戶嗎？左邊的土間還留著爐灶，兩者之間殘留著架子和箱子。

然後物品散亂的土間裡，點點殘留著散發惡臭的東西。像一團羽毛的東西、白骨、沾在骨頭上泛黑的毛皮，是骯髒、遭到破壞而散落一地的生物殘骸。

其間掉著幾個很新的塑膠袋。俊弘認得那些袋子。是俊弘家廚房的食物包裝袋。這些袋子被咬破，和內容物的碎片掉在地上。

——就是它。

侵入俊弘家的某物——跑到航的床上、把廚房翻得七零八落、殺死小貓的——某物的痕跡。

俊弘茫然楞在原地，這時建築物旁邊傳來聲響。是推動物品的聲音、試圖撬開木門還是什麼的聲音。俊弘正無法反應，此時一道輕盈的腳步聲響起，通道冒出人影。

「咦？」

年輕人出聲。他驚訝地看俊弘和松原，接著循著兩人的視線望向建築物裡面。

「——是野狗還是什麼幹的嗎？」年輕人說。

「看起來像嗎？」松原問。

「不可能呢。最近的住宅區幾乎看不到流浪狗了。」

「就是說啊——你是這一戶的人嗎？」

「不是。」年輕人答道，「我是來要木材的。」

「木材？」

「聽說這棟建築物要拆掉了。所以我拜託屋主，在拆掉之前，把能用的門窗建材和木材那些送給我。」

「有什麼……可以用的東西嗎？」

註：土間爲日式建築中，室內未鋪木地板，地面裸露或鋪磚，可穿鞋走動的空間。

「木框建材很寶貴的。還有，屋主說稻荷祠堂也可以拆掉。」

「要把祠堂拆掉嗎？不會怎麼樣嗎？」

「沒問題的，會先請神主來移魂。」

「是喔。」松原納悶地歪頭，「拆掉要做什麼？」

「把木料拿去再利用。這些木料用途很多。」

「這樣啊。」松原應道，又說，「你說拜託屋主，表示你認識這裡的屋主嘍？」

「但我們沒有見過。」

「你有沒有聽說這裡有什麼東西？好像有什麼怪東西從這裡闖進他家作怪的樣子。」

「什麼怪東西？」

對於年輕人的問題，松原指向籬笆說直接看比較快。他率先穿過籬笆，在路上說明狀況。對於這唐突的發展，年輕人也沒有不知所措的樣子，溫順地跟著松原前往俊弘家。

年輕人自稱尾端，說是營繕師，爲了修繕工作，四處蒐集古老的門窗建材和木材等等。

尾端跟著松原進入屋內，看到起居間的狀況，驚訝地睜圓了眼睛。

「這已經稍微收拾過了。」

聽到松原的話，尾端說：

「確實……不是被人翻箱倒櫃的感覺，看起來像是被動物翻過的痕跡。」

「就是吧？」

「可是，」尾端不解地歪頭，「至少我沒聽說過有野狗之類的動物定居在那裡。雖然以前好像是知名的貓屋。」

「現在也是。」俊弘插嘴，「變成野貓的住處了。」

「應該不是。」尾端說，「聽說因爲附近鄰居抗議，屋主來看過好幾次，但屋裡根本沒有貓。」

這回輪到俊弘驚訝了。

「咦？可是眞的有貓叫聲……」

尾端點點頭。

「好像有貓叫聲，可是眞的沒有貓。似乎也有動保團體進去過一次。」

抗議的鄰居似乎不相信屋主聲稱「沒有貓」的說法。他們反而因爲屋主否認，懷疑有虐貓情事，聯絡進行動物保護的非營利組織。三方說好由動保團體居中調查建築物內部，如果有流浪貓住下來，就抓回去安置，但實際找過之後，並未發現有貓住在那裡。

「我聽說完全找不到有動物棲息的痕跡，所以當時應該也沒有這些東西吧。」尾端看著土間散亂的動物殘骸說：

「如果有什麼東西住下來，應該是那次以後的事。」

「那是什麼時候的事?」

「我聽說是上個月——超過一個月前的事了。」

俊弘呆了。

「呃……可是一直都有貓叫聲，很吵。已經好幾年了。」

「好像是因爲這樣，」尾端露出苦笑般的笑容，「才會說要把房子拆掉。」

俊弘一副不解其意的樣子，尾端說：

「聽說這裡以前的住戶養了相當多的貓。」

「是我小時候的事了。附近的小孩都叫她貓婆婆。」

尾端輕笑道：

「她好像是個孤獨的人。聽說不只是貓，還養了狗和鳥。只要是靠近的動物，不管是什麼都會餵食照顧。」

「這樣嗎?我有點想不起來了。」

「可是某天她突然生病住院了。本人也沒想到會住院,去醫院看診,結果就這樣再也沒有回來了。她沒有來往的親戚和朋友,原本照顧的動物,只能就這樣丟下來。聽說她住院後就這樣離世,繼承這棟屋子的遠親進屋一看,到處都是動物的屍體。」

俊弘忍不住和松原對望。

「她關好門窗才出門的,沒想到卻弄巧成拙了。在庭院餵養的野貓沒事,但養在家裡的貓狗全都死了。」

所以——尾端微笑說:

「屋主認爲,不應該會有的貓叫聲,是那時候死掉的那些貓的叫聲——所以說要爲屋子驅邪,然後拆掉。」

原來是這樣嗎?俊弘想。確實,以前貓婆婆不見以後,後面人家吵鬧過一陣。俊弘這些小孩沒有被知會狀況,但記得母親鬱悶地提過「眞是太可憐了」。當時他以爲那話是在說貓婆婆本人。

「死去的動物一定一直在等主人回家吧。牠們不知道發生了什麼事,只能一心一意不斷等待。」

俊弘一陣心痛……然後牠們懷抱著不可能實現的希望死去了。死去的動物，是不是覺得遭到了背叛？

「會去找你兒子，或許是因爲想念人吧。」

「可是……你也看到屋子裡的慘狀了吧？還有這恐怖的狀況……」

而且那東西還殺死了小貓。

「我兒子會不會有危險？」

「它一直沒有加害令郎，表示令郎對它是特別的吧。令郎一直在等貓回家，或許這也不無關係。」

說完後，尾端又說：

「不過……那也是目前沒有危險而已。何時會出現什麼變化，沒有人知道。不能保證往後也是安全的。」

「能不能幫我把貓門封起來？」俊弘說，「你是做這行的吧？幫我把小春的玄關門封起來。其他貓可能會溜進來的地方也全部封起來。」

聽到俊弘這麼說，尾端說：

「與其這麼做，若是無妨，可以讓我修理貓門嗎？」

「可是……」

尾端打斷俊弘的話，環顧起居間說：

「看這情況，只是封住各個進出口，能不能阻擋它，也實在難說。因爲它似乎很凶暴。」

俊弘環顧起居間，也覺得確實如此。看到被翻倒的飾品、被推動的架子、被咬破的座墊，感覺那東西隨時都可以使出強硬手段侵入屋內。畢竟這房子本來就又老又簡陋。

「如果把它擋在屋外，或許反而會激怒它。因爲對方也不清楚我們的想法，最糟糕的情形，或許會覺得遭到令郎背叛了。」

「可是……」

「如果擔心的話，晚上陪令郎一起睡覺怎麼樣？」

俊弘尋思之後，點了點頭。

「那門就交給你了。」

「好的。」尾端點點頭。

「小春回來了嗎？」

航一放學回家就問。俊弘停下收拾起居間的手，招呼「你回來了」。

航看到起居間的混亂，愣在原地。

「這是怎麼了？」

「好像有野狗之類的動物跑進來了。」俊弘說，指向放在玄關的紙箱，「小貓不幸過世了。」

「咦！」航驚叫，衝近紙箱，看著箱內，呆了好半晌。「……是被狗咬死的嗎？」

「應該是。」

俊弘把手放在航的肩上，航開始撲簌簌掉眼淚，接著放聲嚎啕大哭起來。

俊弘抱住兒子，讓他盡情哭泣。哭了好久之後，航總算平靜下來，憐愛地撫摸小巧的遺骸。

「眞的太可憐了……幫牠好好蓋座墳墓吧。」

俊弘說，航點了點頭。俊弘抱起紙箱，帶著想起來似地又開始掉眼淚的航到後院去。然後他深深地吸了一口氣。

「……埋在這裡吧。」

他指了個位置，說：

「有件事，爸爸要向你道歉。」

納悶地回望的童稚眼神教人難受。

「……小春不會回來了，因爲小春就埋在這旁邊。」

航呆呆地回望父親，俊弘依序向他說明。小春出車禍死掉了，因爲不忍心讓航看到小春淒慘的死狀，情急之下把她藏起來了。

「爸爸擔心你會像剛才那樣大哭。爸爸不忍心看到你哭。」

「所以你把小春埋起來了？瞞著我埋起來了？」

「嗯。」

「太過分了！我都沒有跟小春說再見！」

「是啊……」俊弘喃喃自語，「爸爸眞的覺得很抱歉。」

俊向兒子行禮賠罪，但航一個轉身，朝屋子奔去。俊弘連忙追上去。看見航穿過巷弄，衝進玄關，便也跟著走向玄關。航趴在起居間大哭。

俊弘不知道能說什麼，只是看著航。一抽一泣的背影，眞的童稚得讓人心痛。航哭了一陣，抬起頭來。他坐在起居間，看著廚房。眼睛就這樣盯著餐桌，小小聲地問：

「……奶奶也是嗎？」

俊弘倒抽了一口氣，答不出話來，航又問：

「奶奶是不是其實也死掉了？所以才會一直都不回家嗎？」

「不是。」俊弘搖搖頭，「奶奶是身體狀況不好。她一直昏迷不醒。醫生拚命在治療她，奶奶一定也在努力好起來，可是爸爸不知道奶奶什麼時候才能回家。」

航總算回過頭來問：

「……眞的嗎？」

「嗯。奶奶現在雖然連應話都沒辦法，但如果你想的話，我們去探望她吧。」

俊弘說，航點了點頭。然後他又看了餐桌一眼。俊弘循著他的視線望去，悟出航時不時就會看餐桌，到底是在看什麼。餐桌旁邊擺著一個木製老踏台，是母親拿取架上的東西時用來墊腳的，在廚房忙碌的空檔，則會坐在那裡休息。或許拿來當椅子用的次數更多。證據就是，上面擺著母親手縫的座墊。

母親總是坐在那裡捏豆芽、去豌豆絲——航就是在看那個踏台。

「我一直以爲是奶奶討厭我了，所以才不回家。」

航低聲說道：

「就像媽媽那樣走掉了。」

——原來他早就理解了嗎？俊弘想。

「害我好氣奶奶……」

航說完，再次放聲哭泣。

俊弘和停止哭泣的航一起將小貓埋葬在太陽西下後的後院。連同小春的份一起做了兩個墓碑，獻上花朵。航雙手合十拜了很久，然後說：

「可是……這樣的話，晚上回來的到底是誰呢？」

「或許是有野貓跑進來了。」

「是喔。」航喃喃自語，「既然這樣，乾脆當我們家的貓就好了。」

「不知道耶，野貓都自由慣了嘛。」

「……嗯。」

航點點頭回家，仔細地爲玄關的貓碗換了乾飼料和水。他滿心期待地坐在樓梯，就這樣在原地睡著了。

當晚，俊弘在航的旁邊鋪上鋪蓋，緊張地等待，但沒有任何東西跑來找航。不過，深夜他聽到一聲像是嘆息的聲音，同時飄來腥騷的氣味。感應燈當然沒有亮起，只有那若有似無的聲響，沒有任何東西進入房間的樣子。

隔天，尾端在中午過後前來。他細心地把小春的玄關鋸大一圈，裝上新的木框，附上門板。開在玄關門下方的洞因爲有門檻，比土間更高出一階。尾端問能不能鋪上木踏板，和門檻同高，俊弘交給他處理。反正玄關沒有人會走。

尾端削磨舊木材組合，鋪上木踏板時，航放學回家了。他一臉稀罕地看著尾端工作。

「……要把小春的玄關封起來嗎？」

「不是。」尾端用手指推動木板蓋，「……你看。」

木片輕鬆就被抬起，放開手指又落了下去。

「因爲是薄木板，什麼樣的貓都可以推開。」

「這樣啊，太好了。」

「原本那樣，風會從縫裡鑽進來。」

「好舊的木板喔。」航說。

「是從神社要來的木頭。」尾端說，「雖然不是新木材，但很靈驗。」

「很靈驗嗎？」

「可以淨化許多東西。」

「這樣喔。」航低聲回應，寂寞地抱起膝蓋，「……可是已經沒有貓會走這裡了，已經死掉了。」

「太遺憾了。」尾端安慰地說。

「嗯。」航抱著膝蓋答道。

這天晚上，俊弘和昨晚一樣和航聯床而睡，深夜彷彿聽見一道輕微的「啪噠」聲。剛躺下不久，能捕捉到任何細微的聲響，是因爲全神戒備的關係嗎？

俊弘緊張得全身僵硬，聽見有東西走上樓梯的聲音——腳步聲很沉重，不可能是貓。

房間的紙門關著。那東西上樓後，發出刨抓聲，打開紙門。風倏地拂過漆黑的房間裡。俊弘忍不住把手伸向航。傳來像隱隱低吼的聲音。

俊弘停手觀察狀況，吐出腥騷氣息的某物嗅聞他的頭，然後離開了。那東西製造出輕巧的聲響，似乎在鄰床的被子趴臥下來了。

俊弘一動不動，持續觀察那東西的動靜，但它一直靜靜地臥在被子上，不久後，俊弘自己睡著了。

——這樣的夜晚不知道持續了幾晚。

這天晚上一樣傳來木板被頂開的「啪噠」細聲，那東西來了。發出輕巧的「噠噠」腳步聲爬上樓梯。那腳步聲一天比一天更輕盈，感覺步伐也日漸輕快，現在聽起來就像熟悉的小春的腳步聲。

那東西摳抓紙門打開來，筆直走向航的被窩，蹲趴在被子上。踩踏被子摸索位置，在找到的地方將柔軟的身體蜷成一團躺下來——是如此柔軟的動靜。不久後，傳來喉嚨呼嚕嚕作響的微弱聲響。航感到搔癢似地「呵呵」輕笑。好像是在睡夢中笑了。

然後，在航的身邊呼嚕作響的某物忽地站了起來，離開房間。踩著輕盈的腳步，走下樓梯，然後樓下傳來門板「啪噠」關上的聲音。

這天夜晚，後面人家寂靜無聲。

隔天早上，俊弘被電話吵醒了。他慌忙衝下樓接電話，是母親住院的醫院打來的。

「是奶奶嗎？怎麼了？」

電話掛斷後，俊弘仍抓著話筒一動不動，航拉扯他的上衣問，滿臉不安。

「今天你不用上學了。我們去看奶奶。」

「……去看奶奶？」

「嗯。」俊弘點點頭，眨了眨眼，「醫院說奶奶醒來了。」

醫生說母親恢復意識了。雖然似乎難以發聲，但可以明確地回答問題。

「太好了！」航輕聲說道，「奶奶要是知道小春的事，會不會哭？」

「或許會吧。」俊弘答道，「不過等奶奶出院了，一定又會再養小貓吧。」

「是啊。」航以變得有些成熟的表情笑道。

宿魂

暗處有人影。

人影坐在地上，背對著育。人影略爲垂首，口中低聲喃喃自語著，聽不出在說什麼。那語調讓人覺得是在爲某事喟嘆、責備。

——是平常那個夢。

育在夢中悟出。是這陣子經常夢到的夢。房間某處有人影，低聲喃喃自語個不停。只是這樣而已，卻讓人感到危險、可怕。

雖然不舒服，卻沒辦法摀住耳朵。也不知道要怎麼醒來。就好像被迫觀看某些影像，只能不斷看下去……

醒來的時候，全身沉重極了。

——又是那個夢。

育大大地嘆了一口氣，慢呑呑地爬起來。好不容易下了床，卻連換衣服的力氣都提不起來。

夢本身並沒有什麼。在夢裡覺得很可怕，但醒來一看，連自己都感到不解爲什麼會覺得可怕。不過只要做這個夢，隔天總是累到不行。倦懶到什麼事都不想做。

育無力地坐在床上，這時鬧鐘響了。她按掉鬧鐘，嘆了口氣。今天是假日，有許多想做的事，所以她才把鬧鐘設得比較早，卻……

育住的是古老的長屋，位在城下町一區古意盎然的住宅區深處。面對一條石板小徑，是三戶小平房相連而成的長屋中間一戶。屋齡到底幾年了，好像連房東和房仲都不清楚。廣告單上只是粗略至極地寫著「屋齡五十年以上」。一戶只有三個房間，面對從屋前通到屋後的土間長廊。每一個角落都陳舊無比，住起來也很不方便。但育還是決定租下這裡，因爲房東說「只要保持乾淨，隨便愛怎麼翻修都行」。育一直很嚮往自己改建老民宅居住。

然而她只是個手無縛雞之力的弱女子，而且還要上班，自由時間有限，不過她還是一有空就弄東弄西。今天她打算把土間的櫃子上漆。從玄關直通屋後廚房的土間中央有個壁櫃，剛好就面對中間房間。外觀就像壁櫥，開口不是紙門，而是木板門。容量很大，相當方便，但只有這裡，土間的寬度窄了一半。長屋採光本來就差，這一帶也許因爲變得狹窄，顯得格外陰暗。育覺得陰森得受不了，因此想到可以漆上明亮的顏色。油漆她昨天下班的時候已經買好了。刷子和滾筒也都有了。她也趁昨晚預先貼好膠帶做好周邊保護，接下來就只等上漆了。

——油漆木板門和牆壁。

這麼說來，昨天衝動買下的櫃子，也會在今天送到。

思考居家修繕，力氣一點一滴回來了。育短促地對自己吆喝一聲，動了起來。

漆完面對玄關土間的壁板，著手要漆櫃門的時候，門口傳來停車的聲音，有人呼喚，「您好，道具屋送貨。」

育停下上漆的手，打開嵌著霧面玻璃的格子門，熟識的老闆站在門外。背後停著小卡車。

是住家附近她常去的二手家具行。商品的品味很不錯，老闆山崎又年紀相仿，爲人隨和，最重要的是，東西買了要帶回家很方便，所以育很喜歡這家店。走路只要五分鐘左右。當然，大型家具會幫忙配送——就像今天這樣。

「請等一下。」

育說，折回去把手中的油漆刷插回油漆罐裡。摘下工作手套折回玄關時，山崎正睜大了眼睛在看地面。

「呃……這個……」

山崎驚訝地看著腳下。跨過門檻入內的玄關脫鞋處，只有約地墊大小的一塊地方灌了水泥，裡面嵌著五顏六色的筷架。

「喔，很有趣，對吧？本來只有那塊地方是凹的，也許是長年來人們進進出出，把那裡給踩凹了。」

只是灌水泥塡平，實在太素了沒意思。剛好有人送給她但沒在用的筷架，便嵌進去看看，結果就像馬賽克磚一樣，趣味橫生。此後育只要發現可以拿來取代磁磚的筷架，就會買回來嵌進去。她計畫將來要把整個玄關脫鞋處都鋪滿。

「……踩到不會裂開嗎？」

「目前是還沒有裂開……這邊的是在你們家買的。形狀都不一樣，要排得好看，費了我一番心思呢。」

「這樣啊。」山崎困惑地說，回頭看車子，「櫃子要放在哪裡？」

「啊，等一下。」

育走出門外。小卡車的貨架上放著育昨天買的老櫥櫃。是三段抽屜矮櫃。款式素淨，雖然到處都有小傷痕，但作工很扎實。

「可以幫我把這個抽屜拔出來嗎？」

育請山崎拔出抽屜後，自己拿進玄關裡，然後將抽屜倒扣在脫鞋處，讓它剛好位在進屋第一個房間的高低差中央。

「果然，尺寸剛好。」

從脫鞋處上去房間的地方，高低差相當大。就連三十五歲左右的育，上下都感到很吃力。她一直想要有個踏台。

「呃……這個……」

山崎抱著剩下的兩個抽屜，在玄關瞪圓了眼睛。

「隨便找個地方放吧。還有。不好意思，剩下的可以幫我處理掉嗎？」

「咦？」山崎瞪大眼睛。

「不好意思，其實我就只想要這個抽屜而已。」

育解釋道：

「最近的櫥櫃抽屜，底板不是都很薄嗎？只是用一塊薄板夾在兩邊的板子中間而已。不過這抽屜的板子很結實，厚度跟兩邊還有前面的板子一樣，而且組裝得很牢固，踩上去也沒問題。」

「怎麼這樣——」

「所以剩下的櫃體，請幫我拿回去。」

「這樣我很困擾。」山崎語氣強硬地說，「就算拿回去，少了抽屜也賣不掉啊。」

育輕笑出來。

「哎唷，你還要拿去賣？我已經買下來了喔。」

「呃，是這樣沒錯，可是……」

「櫃體我不需要，拿去丟掉吧。」

「可是……」

「……怎麼了嗎？」

一道怯生生的聲音傳來，望過去一看，隔壁住戶眞穗從山崎背後探頭看進來。

眞穗比育小六歲，住在長屋隔壁。她的夢想似乎和育一樣，是改造古民宅居住。她是在四個月前搬來的，比育晚了兩個月，但很勤奮地到處改裝住家。

「有點事……眞穗才是，有什麼事嗎？」

「我看育姊好像在努力弄屋子，所以想送點吃的過來……」

眞穗說，亮出紙包，接著驚訝地看向倒扣在脫鞋處的抽屜。

看到眞穗愣住的模樣，育笑道：

「我想用這個代替脫鞋石。尺寸跟高度都剛剛好，對吧？」

「可是，這……這是櫃子的抽屜吧？」

「對呀。我在道具屋發現，靈光一閃，覺得可以拿來這樣用。」

「道具屋……」眞穗望向苦著一張臉的山崎。「那，應該還可以當成櫃子正常使用……」

「是啊。可是我只想要抽屜而已，所以我請老闆把櫃體拿回去。」

「辦不到。」山崎語氣強硬地說。站在玄關口的身影顯得有些凶惡。

眞穗打圓場地說：

「道具屋不幫人家回收舊家具呢。」

「可是只要拿回去丟掉就好了嘛。」育說。

「這麼大的東西，就算要丟棄，也需要處理費吧？」眞穗說。

「對喔。」育喃喃自語，「處理費我會出，拜託了。」

「做不到。這樣我很爲難。」

「你這樣說我也很爲難啊。」

眞穗插進爭論的山崎和育之間，說：

「既然是完好的櫃子，就當成櫃子使用嘛。」

「家裡已經沒有地方放櫃子了！」

育揚聲說道。前面的房間是四張半榻榻米大，有壁櫥的中央房間只有兩張榻榻米大，最大的後面房間也只有六張榻榻米大。必要的家具都已經有了，沒有空間容納新的櫃子。

「總之。」山崎低聲說，「我沒辦法帶回去。如果客人無法接受，我會退費，整組櫃子帶回去。」

「我又沒這樣說，東西我都買了。」

演變成沒有結果的爭執了。沒多久，一名老婦人從隔壁過來察看。是住在和眞穗相反的另一戶的光子。

「怎麼啦？」

老婦人——年紀應該已有六旬，所以只能說是老婦人，不過整個人活力十足，讓人不好如此稱呼。而且姿勢相當挺拔，性情也積極活潑。剪成短鮑伯頭的頭髮雖然是半白的灰，但即使在公車上遇到，也會覺得讓位給她很失禮吧。

育皺起了眉頭。光子得知緣由後會說什麼，她一清二楚。光子會說「眞是瘋了」。

育在脫鞋處嵌上筷架時，她也是這樣。育打開玄關門忙活時，光子經過門口，露骨地大皺眉頭，嚴加斥責「簡直瘋了」、「太沒常識了」。在牆上貼布、裁剪和服做成地墊時，光子也大剌剌地翻白眼諷刺——而且光子似乎無法理解育和眞穗刻意挑選老長屋，加以修繕居住的行爲。她覺得如果不中意老屋，一開始就應該選擇新穎乾淨的住處。她似乎無法理解刻意選擇老屋居住，然後把骯髒老舊的地方翻修成乾淨新穎的行爲。

她是不懂得親手花工夫花心思將住家整理得舒適宜人的價值嗎？——但光子是做和裁的，算是工藝師傅，卻好像不認爲手工有何價值。

不想被光子插嘴干預。就在育準備冷言拒絕說「沒事」時，眞穗果斷地說：

「這可以送給我嗎？」

轉頭一看，眞穗正看著小卡車貨架上的櫃體。

「妳沒必要勉強收下啊。」

育這麼說，眞穗說：

「我沒有勉強。抽屜的每一層都有板子，所以我覺得可以當層架使用。」

「當層架應該不好用。」山崎很不高興地說，「因爲太深了——畢竟這本來是抽屜櫃。」

「我覺得這樣或許反而剛好。」眞穗微笑，「因爲本來是抽屜櫃，所以用來放衣物，深度剛剛好吧？」

「哦……唔，或許吧。」

「高度也剛好，放在櫥櫃吊掛的衣服下面，應該很適合。收納疊好的衣物時，比起還要開抽屜，直接從層架取出，我覺得應該會方便許多。」

「裡面的層板沒有上漆。」

「我會自己上漆。這是什麼木頭？」

「是桐木。」

「那上護木油應該可以。漆上和框一樣的顏色，應該會變成很棒的三層櫃。」

山崎就像被笑吟吟的眞穗挫去了怒意般，表情緩和下來。

「唔……既然妳這麼說的話。」他喃喃自語，「總之我是來送貨的，只負責把東西搬到指定的位置。告訴我位置，我會放在那裡。」

山崎抱著失去抽屜的櫃體，搬進眞穗家。是面對育的家的右邊，三連長屋靠巷內的一戶。

「可以幫到搬到裡面的房間嗎？」

眞穗爲山崎引路。山崎應著「好」，看到玄關裡面，露出驚訝的表情。眞穗的家非常整潔有品味，土間鋪滿了泥土質感的明亮地磚。育的家，廚房是最後面的土間，但眞穗家卻設在中間的房間。她把原本是壁櫃的地方鋪上木板地，移走櫃子。因此前面和中間的房間變成了客廳兼餐廳，安靜的後面房間則當成了臥室。後面原本是廚房的土間也鋪上木板地，設了衣櫥和淋浴間。

一看就是改建古民宅而成的美好小宅——每次育來到眞穗家都有這種感覺。育的家的上一個住戶在庭院設了老舊狹小的系統衛浴間。相對地，眞穗家沒有浴室，但設了淋浴間，解決了洗澡問題。因爲沒有系統衛浴這種多餘的東西，從後面房間的緣廊可以看到聊備一格的後院。眞穗將原本雜草叢生的院子精心整理後，成了宛如「坪庭」的清爽庭院。

不過之所以能做到這些，是因爲眞穗在搬進來以前，請了業者大加翻修。她把原本貫通屋子的土間全鋪上木板，重新拉設管線，並且將玄關踩凹的脫鞋處灌入混凝土塡平。育覺得實在太沒創意了。雖然漂亮，但太理所當然，毫無趣味。

眞穗來看房子的時候，育以爲遇上了同好，開心不已。眞穗說「我決定租下這裡了，請多指教」時，她眞的喜上雲霄。在這之前，育一直被隔壁的光子批評「瘋子」，一想到同志增加了，她覺得宛轉注入了強心劑。然而卻遲遲不見眞穗搬進來，好不容易等到動靜，來的卻是工務店的卡車。

「翻修？要請業者嗎？」

「對。」眞穗望向背後看著長屋的工作服老人說。

「難得有機會住老屋，怎麼不自己動手呢？我可以幫忙。」

「不，」眞穗困窘地微笑道，「因爲還有水電工程那些。」

「這樣啊。」育喃喃自語。

——什麼嘛，沒意思。

以自己的風格改造老屋，所以才有趣，如果請業者大刀闊斧，那就像光子說的，「幹麼不一開始就去住漂亮的新房子？」

「咦？要做工程嗎？」

那天光子也聽到外頭的動靜出來了。光子在家工作，所以不可能逃過她監視的目光。

「會吵鬧一陣子，還請多多擔待。」

眞穗行禮。

「哦？」光子挖苦地說，「我還以爲妳也是那種想要自己動手做的人哩。」

眞穗害臊地說：

「因爲我想重拉水管和電線……那些管線實在沒辦法自己來。」

「咦，這是好事啊。這裡的水很難喝，對吧？我覺得是水管太老舊了。」

「我也這麼覺得，而且廚房排水很差……」

「我們家也是。臭得受不了。」

也許是聽到兩人的對話，工務店的老人說：

「設備不管怎麼樣都會老舊。一旦老舊，就會出問題。只要換新就能解決了。」

——廢話，你們就靠這個賺錢的嘛。

育在心裡嘀咕。

水的味道，育也覺得介意，但喝的水買礦泉水就好了。買的水絕對比自來水好喝多了。排水的堵塞她自己通好了。只要用熱水加上醋和小蘇打，便能輕鬆解決。

她記得當時心想居然爲租的房子花這麼多錢，眞穗一定是太有錢又太閒吧。

因爲借助專業人士的力量，屋子變漂亮了。但是爲脫鞋處枯燥無味的混凝土地貼上地磚的是眞穗，把裡面的房間鋪上地板，打造衣櫃的也是眞穗。雖然沒創意，但眞穗確實爲住家下了一番工夫。現在她每次休假，都會一面面地爲牆壁抹上灰泥。

「──放在這裡可以嗎？」

聽到山崎的聲音，呆呆地環顧眞穗家的育回過神來。

「麻煩你。我還在依序一一整理，所以應該還要一陣子以後才會上漆。」

「要自己動手嗎？好厲害。」

「沒什麼技術，就是喜歡而已。」

「這些灰泥也是妳自己上的嗎？上灰泥不是很難嗎？」

「其實也還好。有些灰泥業餘人士也可以處理得不錯。我找幫忙修理水管的工務店老闆討論，他告訴我有任何人都能輕鬆駕馭的灰泥。」

「咦，眞的嗎？」

看到山崎佩服的態度，育覺得很沒意思，轉身離開。明明剛剛還凶成那樣。

──那種態度也太明顯了。

回到自家玄關，光子正交抱著手臂，從敞開的格子門看著屋內。

「妳還是老樣子，做些瘋狂的事。」

光子目瞪口呆地說。育不理她，進屋把門關上。

對於眞穗，光子也很少酸言酸語。雖然會擺出「浪費工夫」的態度，但不曾像對她這樣，罵眞穗「太離譜」。是因爲眞穗的住家任誰來看都很漂亮嗎？

相較之下，育的家……

——確實稱不上漂亮。

她從玄關環顧陰暗的屋內。堆積木箱打造的鞋櫃、組合枯木而成的衣架。班駁的土牆上貼著五顏六色的拼布。

育是一時半刻就想看到結果的人，所以沒辦法像眞穗那樣規劃長遠的工程。眞穗把門面的凸格子窗和玄關的格子門全部用砂紙打磨，再刷上柿漆。光是這項工程，應該就花了兩三個星期。但也不是結果就改頭換面，美輪美奐。只是原本予人老舊荒廢的印象，經過這番打理後，變得整潔許多罷了。育強烈地覺得費了那麼多力氣，成果太不成比例，但也覺得眞穗想要翻修老民宅居住的熱情是眞的，對她刮目相看。雖然遺憾的是，眞穗的方向性與育似乎不同。

——只要下工夫花時間，變整潔是理所當然的。但是憑藉創意和發想的轉換，以最小的花費和勞力讓老民宅變有趣，這才是住老房子的樂趣吧？

育調整放在脫鞋處的抽屜位置。試著踩上去進屋。只是加了一層墊腳物，上下就輕鬆多了。雖然有點矮，但沒問題。

「得至少上個漆才行。」

育一面測試踩起來的感覺，一面自言自語，這時耳邊忽然響起人聲。她驚訝地東張西望，但當然沒有人影。好像是女人的聲音，但眞穗的聲音有可能傳到這裡嗎？——想到這裡，育發現那聲音很像在夢裡聽慣的喃喃自語聲。

這天眞穗一整天都在爲牆壁上灰泥。相對地，育把櫃子漆成明亮的紅色。中間因爲停工了一陣，漆變得不均勻，但她覺得這樣反而別有一番味道。在色彩黯淡的建築物裡，只有那裡顯得鮮明可愛。

「問題是這裡呢……」育泡在浴缸裡，環顧俗氣的系統衛浴。上一任住戶留下的東西。老舊，散發霉臭味，即使泡在浴缸裡，也只教人沮喪。

系統衛浴有沒有辦法開個窗？牆壁有辦法上漆嗎？在地板貼磚怎麼樣？

育左思右想著，離開浴缸，走出衛浴間，在緣廊擦拭身體。緣廊就是脫衣間。緣廊是面對庭院的落地窗，但大半空間都被系統衛浴占掉了，因此屋內採光受阻，進出庭院也很不方便。不過也因為被系統衛浴擋住，拿來當成脫衣間使用沒有問題。

就只是嵌在那裡的系統衛浴裸露著，非常粗俗礙眼，但外面用簾子蓋了起來。緣廊鋪滿布袋蓮織的墊子，育還把藍染舊農作衣裁剪做成地墊，當成吸水墊使用。脫衣籃是峇厘島的薩拉斯瓦蒂女神像。那是一尊高度及膝的木雕像，但呈圓柱狀，剛好用來擺圓型脫衣籃。外觀也充滿東方風情。老民宅和亞洲風格家飾十分調合。

育一邊擦頭髮一邊泡紅茶，把茶端到前面房間的床邊。邊几是她在附近買來的小抽斗櫃，自己裝上滾輪的。因為是沒什麼趣味的原木家具，她自己漆上草綠色的漆——這是搬來這裡之前的事了，回想起來，就是這件事點燃了育的ＤＩＹ熱情。

她一邊吹頭髮，一邊回想起這些。正用指頭梳著髮絲吹風，忽然傳來有人呼喚的聲音。

「——誰？」

她應聲關掉吹風機，望向玄關，但就此悄無聲息。為了慎重起見，她打開面玄關脫鞋處的紙門察看，但嵌玻璃的格子門外只有朦朧的夜燈亮著，沒看見人影。心理作用嗎？正當她感到納悶的瞬間，傳來語氣激動的聲音。

育急忙東張西望。是窗外傳來的嗎？她掀開一點窗簾，還打開窗戶，但格欄外的路上沒有人影。

——是女人的聲音。

毫無疑問是女聲，而且語氣激動，像在責備。雖然不知道說了什麼，但她確實聽到聲音了。

育再次側耳細聽，接著把耳朵貼近與光子家的隔牆。牆壁另一頭傳來凶狠的女聲。是光子在和誰說話嗎？可是光子一個人獨居，是在講電話嗎？

即使把臉更貼近牆壁，張大耳朵，也聽不清楚在說什麼。不過牆壁確實傳來女人的聲音。

——簡直就像在訓話。

這麼一想再去聽，彷彿可以聽見光子那尖酸刻薄的口吻。

整天挑剔別人的生活，卻在這種時間，用吵到鄰居的音量說話。看看時鐘，都已經過午夜了。

「妳自己才離譜吧？」

育忿忿不平地上床睡覺，然而這天晚上，細微的嘮叨聲片刻都沒有停歇。

人影坐在暗處。背對這裡的人影喃喃自語著。雖然像在口中呢喃，語氣卻很激動。感覺是在責備。

——又是那個夢。

育在夢中領會這是夢。除了語氣比過去更激動以外，就是一如往常的夢。也許是因爲語氣凶狠，儘管聲音不大，卻很刺耳。

——吵死了。

這個念頭一升起，人影便「咚」地敲了什麼東西，影子的上半身隨之晃動了一下。那個人好像正一邊敲地板，一邊急促地喃喃自語。敲東西的聲音刺耳，嚴厲的語氣也很刺耳。

——吵死了，夠了沒啊？

育被鬧鐘吵醒了。翻過沉重的身體，按停鬧鐘。艱辛地撐起身體，育倒抽了一口氣。屋子的暗處站著人影……

她嚇得全身僵硬，但定睛一看，是昨天上漆的壁櫃門板。斑駁的地方看起來像人影。

「……嚇死人。」

育嘲笑狼狽的自己，但即使重新再看，油漆斑駁不勻的地方依然就像人影。像人的背影。肩線、蜷起的背、低垂的後腦——

起身走近細看，就只是單純的油漆不均勻，但一拉開距離，儼然就是個人影。

「……只好重漆了嗎？」

放任不管太毛了。但是剛起床身心都倦怠無比的現在，光想就覺得累極了。

——感覺完全沒睡到。

都是那個夢害的。不，都是睡前光子太吵害的。

——搞不好……

這陣子會做怪夢，是不是光子的聲音害的？她是昨天晚上注意到聲音的，會不會從之前開始，光子就一直大聲說話？然後她睡覺的時候聽見，才會變成那種夢？

——可是，三更半夜大聲說話？

一定是在講電話，可是考慮到時間和長度，總覺得不太現實。難道是……

「……自言自語？」

「光子嬸會不會開始痴呆了？」

育對眞穗說。

這天晚上，育拜訪眞穗的家。眞穗在杯裡倒入紅茶，笑道：

「怎麼可能？她還很健康的。搞不好比我還強壯。」

——唔，確實不可能是痴呆吧。

「那到底是怎樣？光子嬸這陣子三更半夜都不知道在跟誰說話喔。」

眞穗訝異地看著育問道：

「妳說光子嬸嗎……？」

「對。與其說是跟人說話，感覺更像是她單方面地不停訓話。」

「確定是光子嬸的聲音嗎？」

眞穗的表情很僵硬，育總覺得被責備了。

「確定啊。因爲是從牆壁那邊傳來的，那就是光子嬸吧？」

育說完，眞穗困窘地微笑了。

「是啊……可是，會不會是電視的聲音？或許是睡覺的時候開著電視沒有關。」

「會嗎？」

就算是電視，一樣教人氣惱。因爲已經連續好幾個晚上了，育想要抗議，但如果抗議，一定又會被囉唆地反駁。這是連棟長屋，牆壁和隔壁戶是共用的，無可避免會聽到隔壁日常生活的聲音。要是光子的家在土間那一側——眞穗家這邊，只要關上面土間的門，就可以降低音量了。但不幸的是，光子家在房間這一側。

這天晚上，光子的聲音依然響個不停。雖然眞穗那樣說，但應該不是電視的聲音。因爲就只有光子——疑似光子的女人一個人的聲音。也許是透過牆壁傳到床鋪，只要一躺下，聲音就在耳邊縈繞不去。不知是否這個緣故，這天晚上育也做夢了。在夢裡，坐著的女人捶打著地板，不停地責備某人。

要去抗議嗎？——就在育猶豫不決的時候，白晝愈來愈短，早晚也跟著變冷了。老房子最大的缺點就是冷得受不了。

天一冷，就容易懶得離開暖桌。雖然許多地方都裝修到一半，卻忍不住一天拖過一天。土間的壁櫃也一直想要重新上漆，卻擱著沒動。雖然習慣人影般的斑駁痕跡了，但有時還是會被嚇一跳。儘管心想得重漆才行，身體卻怎麼也動不起來。

——總覺得好沒意思。

剛搬來的時候，弄東弄西讓她樂趣無窮，實際上也有許多非做不可的事，但住了超過半年，必要的修繕也沒剩幾樣了。不，還是有，但都不是育能夠勝任的大工程。在預算和時間允許範圍內能做的事，全都做完了。雖然有時還是會靈機一動，開始動手，但天冷之後，也無以爲繼。半途而廢的自己教人厭惡。

討厭的事還有別的，還是一樣熱心改裝住家的眞穗好像很忙。就算邀她喝茶吃飯，也都推說要趕工而拒絕。總覺得爲了光子的事去找她以後，兩人之間就有了距離。即使碰面，眞穗也顯得有話憋在心裡，對話有一搭沒一搭。不僅如此，眞穗明知道育和光子關係不好，育卻常看到她和光子說話。

光子的家一樣不斷傳來人聲。因爲不到非抗議不可的音量，因此只得忍氣吞聲，教人氣結。

——現在也有聲音。

雖然不到吵人的地步，但就是惹人心煩，而且從剛才就耳鳴不止。細微的尖銳耳鳴聲，聽起來也像是呢喃細語的人聲。

——頭好痛。

育用撐在矮桌上的手按住額頭，驚覺額頭很燙。

「天哪，發燒了嗎？」

育自言自語，急忙尋找體溫計。量了一下，真的發燒了。

心情鬱悶、耳鳴，還有各種不順眼，原來都是生病的關係嗎？好像感冒了。

這種時候最好快點睡覺。育草草吃過晚飯就上床了，但隔壁的人聲搞得她輾轉難眠。

即使好不容易睡著，也會做怪夢。完全沒有休息到就被鬧鐘叫醒，正想爬起來，卻一陣天旋地轉。量了一下體溫，超過三十八度。她搖搖晃晃地起身打電話向公司請假，尋找感冒藥，但找到的是最後一包。雖然想去買，可是實在無力出門。總之只能鑽進被窩了。

育落入發燒時特有的搖晃般的睡眠。她會醒來，是因為一清二楚地聽見女人怒吼的聲音。

睜眼一看，屋子裡一片昏暗，在格外濃重的暗處裡，女子站著敲打牆壁。——不，是櫃門。女子一下又一下敲著櫃門，口中罵罵咧咧。

……是平常的夢嗎？

是浮在櫃門上的影子，害她做了這種夢嗎？影子般的女人以聽不清楚的口吻一個勁地責罵著，不時揮拳敲打櫃門，發出沉重的「咚」一聲。每次都震得育頭痛欲裂。

——得去跟光子孀抗議才行。

儘管這麼想，育卻爬不起來。吵死了、吵死了，她在腦中咒罵著，不知不覺間睡著，又被吵醒，就這樣一再反覆。怒吼聲和捶門聲，揮拳的人影。哪些是夢、哪些是現實？——育迷糊地想著，驚覺的時候，四下已是一片漆黑。

明明睡了一整天，卻完全沒有睡到的感覺。育含了口放在枕邊的瓶裝水，再次鑽進被窩裡。正想重新再睡，隔壁又傳來發脾氣的聲音。雖然不到吵鬧的程度，但就是刺耳。微妙的音量教人氣惱。育勉強要自己忽略，睡了一下，又被聲音吵醒。重複了三次以後，育爬起來了。她在睡衣外面披上大衣，圍上披肩。她再也受不了了。

育踩著踉蹌的步伐前往隔壁，敲打格子門，直接打開來——光子只要還沒睡，都不會鎖上玄關門。

「妳夠了沒！我感冒在睡覺，妳這樣吵得人根本沒辦法休息！」

育話聲剛落，前面房間的紙門便打開來。光子跪在榻榻米上探出上半身。

「怎麼啦？突然跑來大小聲。」

「怒吼聲！一整天！吵得人根本沒法睡！」

光子露出傻眼的表情，回到暖桌，拿起打開的雜誌說：

「妳說誰在吼啊？就像妳看到的，我只有一個人。」

「那是現在吧？明明一直到剛才都還有聲音。一大早就開始鬼吼鬼叫，吼了一整天，妳能不能收斂一點？」

光子摘下眼鏡轉向育。

「首先，平日白天我根本不知道妳在家，更不知道妳感冒在休息。叫我收斂，我也無從收斂起。」

「果然就是——」

以爲我不在才那麼大聲！育正想這麼說，被光子伸手制止。

「再來，我要重申，我可沒有吼什麼人，更甭說吼上一整天，我哪來的那種體力？——我都這麼老了。」

「少在那裡找藉口！」

育粗聲大罵，光子板起了臉。

「我只是陳述事實。」

「那我怎麼會聽到聲音？我就睡在這片牆壁另一邊，聲音一定是從這裡來的。妳是在講電話？還是在看電視？眞的吵死人了，可以不要再這樣了嗎？」

育說完後又說：

「還是妳是故意的？妳好像看我不順眼，可是就算是這樣，也未免太幼稚了！」

光子嘴唇扭曲。

「我的確是看妳不順眼。畢竟像這樣突然闖進別人家裡破口大罵，真的太離譜了。沒頭沒腦就血口噴人，沒證據在那裡亂咬人。」

「妳的意思是叫我拿出證據!?」

「我又沒這樣說。只是既然要罵人，最起碼也該拿出證據來吧？——說起來，有噪音不是彼此彼此嗎？畢竟這裡是老長屋，只要有人住，難免會有說話聲和各種聲音。妳覺得人家吵，人家也覺得妳吵。所以就算妳晚上在那裡敲榔頭用電鑽吵翻天，我又哪一次跟妳抗議過了？」

「所以這是報復嘍？」

光子眉頭一挑。

「懶得跟妳說了——可以請妳回去嗎？」

「懶得說的是誰！」

就在育扯開嗓門時，身後傳來膽戰心驚的聲音。

「請問……怎麼了嗎？」

回頭一看，眞穗正一臉困惑地從玄關探頭看著這邊。

「我身體不舒服在睡覺，這個人卻一直吵，所以我來跟她抗議！雖然她好像完全聽不進去！」

育說完，重新裹好披肩，轉身就走。可能是爭吵消耗了太多體力，腳步不穩。育從驚慌失措的眞穗和格子門中間擠出去，離開了光子家。

育回到家鑽進床上，一會兒後，傳來輕聲敲格子門的聲音。

「……育姊，妳還好嗎？」

聽到眞穗的聲音，育撐起沉重的身體。打開玄關門鎖一看，眞穗端著土鍋站在門外。傳來高湯的誘人香氣。

「妳好好吃飯了嗎？我做了雜菜粥。」

「眞開心。太好了。」

育請眞穗入內。她幾乎什麼都沒吃，而且眞穗關心地來看她，也讓她開心。眞穗很久沒有來了。

「育姊妳坐吧，我可以自己去泡茶嗎？」

育道了謝，進了屋，在最裡面客廳的暖桌前坐下。眞穗俐落地將餐具在育的前面擺開來。熱呼呼的雜菜粥讓人開心。

「妳眞的幫了我大忙。我全身難受，連出門買東西都沒辦法。」

「藥夠嗎？需要什麼我可以去買。」

「謝謝妳……對不起，給妳添麻煩了。」

「哪裡的話，這種事是彼此彼此啊。」

眞穗微笑，但她那句「彼此彼此」讓育把光子的臉和她重疊在一起，一下子沮喪起來。

「她說就是彼此彼此，所以才一直忍耐。」

「……咦？」

「隔壁那位鄰居。說我很吵，她一直在忍耐。但就算是這樣，也用不著故意騷擾人吧？」

眞穗的臉色暗了下來。她在茶壺裡倒進新的熱水。

「是這樣沒錯，可是……」

她說，接著在育的茶杯裡添入新的茶水。

「妳說今天一整天都在吵，可是那不是光子嬸……因爲今天我都跟她在一起。」

育吃驚地看著眞穗。

「……什麼意思？」

「最近我在向光子嬸學和裁。今天也爲了上課，中午過後就去打擾她……因爲今天我休假。我們一直在一起，晚飯也一起吃，我剛剛才回家而已。當然我們是會說話，可是音量不大。光子嬸沒有吼人，我們也沒有吵吵鬧鬧。」

育說不出話來。

——可是，妳怎麼一個字也沒提過？

眞穗應該知道育和光子交惡的事。光子嘲笑翻修老屋的育和眞穗，動輒嘲諷挖苦，眞穗應該也覺得光子很討厭。育尤其被大刺刺地針對，眞穗對她應該是抱以同情的。

——虧我還把妳當同志。

然而妳卻「跟她學和裁」？妳們居然好到會一起吃晚飯嗎？瞞著我一個人。

眞穗抬眼看著一聲不吭的育，看似難以啟齒地說：

「……或許育姊會覺得我這話很奇怪……」

眞穗先這麼聲明，接著抬起頭說：

「這個家有女人的聲音，對吧？」

育眨了眨眼。

「對，所以是隔壁……」

「不是光子嬸。」

這麼說的眞穗一本正經——反倒是有些害怕的模樣。

「可是，確實有女人的聲音。屋子某處就像有人不停地叨唸……」

育說不出話來。

「……說這種奇怪的話，眞的對不起，可是我有點怕這個家……」

——原來是這樣，育心想。

先前眞穗似乎和自己保持距離，原來是這個緣故嗎？

同時她也覺得不是爲這種事放下心來的時候。

她一直以爲那是光子的聲音，但如果不是的話……那是誰的聲音？

這天晚上在眞穗的建議下，育留在眞穗家過夜。內心某處，她覺得這下應該再也聽不到光子的聲音了。實際上在睡著以前，都沒有任何人的聲音——然而她卻做夢了。

暗處站著一個人影。還是一樣，看不清楚容貌，但從背影可以看出是女人。女子略垂著頭站著的地方，是育的家的玄關。女子前方的牆上貼著五顏六色的拼布，所以錯不了。女子還是一樣，以責備的口吻喃喃說著什麼。聲音時不時中斷，就彷彿語塞似的——不，是在哭嗎？

聲音啜泣似地頓住，接著語調再次拔高，激動責備。

——吵死了。

——吵死了，妳夠了沒！

隔天，育和眞穗一起醒來了。幸好燒似乎都退了。不知道是發燒還是做夢的關係，育疲累不堪，這天也向公司請假。她目送眞穗出門上班，返回自己家。眞穗說育可以待在她家，但育不能這樣麻煩人家，再說，就算待在眞穗家，似乎也無法逃離夢境。

果然不是光子嗎？育想。她一直以爲是光子的聲音害她做噩夢。光子的聲音不可能傳到眞穗家，而且眞穗說育的家有女人的聲音。難道⋯⋯

育尋思著走回家，嚇了一大跳。玄關深處，夢中女子佇立的位置的牆上有個人影。她嚇到差點尖叫，好不容易才克制下來。

「……這是……」

育膽戰心驚地走近牆壁。牆上貼滿了花車特賣買回來的各色布塊。顏色和花樣形形色色，就像拼布一樣用漿糊貼上去。而這片牆上浮現出淡黑色的污漬。近看只是污漬，但離遠一點就像個人影——就如同浮現在櫃門的人影。

育望向土間深處，櫃子的門板上還是一樣浮著人影。

……討厭。

育忍不住後退。她不想回家，走出玄關，猶豫了一下，伸手敲打隔壁的格子門——光子家的門。

因為昨天才發生那一樁，實在很尷尬，可是……

哪位？——屋內傳來應聲，育自己開了門。從前面的房間探頭察看的光子一看到是育，立刻擺出臭臉。

「這次又是什麼事？」

語氣冰冷帶刺。

「我想問一下……在我搬進去以前住在我那一戶的人，是怎樣的人？」

光子歪頭疑惑。

「怎樣的人……？」

「那個人過世了，對吧？」

光子嘲諷地笑了。

「怎樣？這回是鬧鬼啦？」

「請回答我——過世了，對吧？」

育強勢追問。

「沒錯。」光子乾脆地回答，「妳之前的住戶死掉離開了。」

「果然。」育咬住下唇，「我……沒聽說那裡是凶宅。」

「不是凶宅，是生病過世。」

上一任住戶是個獨居老人，每天早上都會打掃長屋前面，那天卻不見人影，光子覺得奇怪，前去拜訪，發現人倒在家中。

「發現的時候還有呼吸，叫了救護車……可是好像在醫院過世了。好像本來血壓就很高，年紀又大了，也不是什麼值得驚訝的事。」

「既然如此，出租之前至少也該說一聲吧？」

「又沒有告知義務。要是死在家裡沒人發現也就罷了，但送醫的時候人還活著啊。

再說，要是不想住死過人的房子，那就只能住新落成的建案了吧？」

「可是還是應該說一聲吧？」

育強硬地說，光子說：

「跟我抱怨也沒用——難道妳想說是前住戶出來鬧鬼嗎？我得提醒一聲，之前住那裡的是個老爺爺，可不會用女人的聲音吼人。」

「那，那個老爺爺之前呢？」

「我只知道那個老爺爺。我搬進來的時候他就住在那裡了。」

光子說完，正色說道：

「這屋子這麼老了，一定發生過許多事。這一戶也是，或許也死過一兩個人，可是我從來沒遇到過什麼奇怪的事。要說鬧鬼的話，那應該不是之前住的人，也不是這房子的關係，是妳自己有問題吧？」

被光子這麼一口咬定，育甩頭就走。她覺得很不舒服，而且氣得要命。但光子那句「這屋子這麼老了」讓她想到了。這麼老了——發生過許多事。

育回到家，轉頭不看牆壁，迅速整理儀容，接著筆直前往「道具屋」。老闆一看到育就皺眉頭。

「我在這裡買的東西裡面，有沒有來歷不乾淨的東西？」

育這麼說，山崎訝異地問：

「什麼意思？」

「像是原本的物主過世之類的。是不是有什麼來歷有問題的東西？」

山崎板起臉來。

「我不知道您這話是什麼意思，但物品出售的經過和前任物主的事，我不清楚。我們店沒有收購舊物。」

「這太不負責任了！」

「什麼不負責任……我們又不是資源回收店，是從專門的批發業者那裡進貨販賣的，那業者也是向其他業者進貨的，我無從得知物品的來歷。」

「也就是說，裡面可能也有可怕的髒東西嘍？」

「什麼叫可怕的髒東西？」

「就是……不幸橫死的人的遺物之類的。」

「如果有什麼不適合買賣的背景，應該會以適當的方法處理掉吧？」

山崎說完，嘆了一口氣。

「雖然也沒辦法斷定。」

「你就只有這點認知嗎？不會好好調查一下來歷嗎？萬一有奇怪的東西混在裡面怎麼辦？」

聽到育這麼回嗆，山崎皺起眉頭。

「既然是使用過的東西，當然也有各種經歷吧。要是擔心這種事，就應該買全新品啊。」

育傻了。

「你說的這是什麼話？」

「我說的是事實。」山崎口氣強硬地說，「不管在好或壞的意義上，都被人使用過，這就是中古家具。有人對此感到排斥，但也有人覺得這樣才有味道。覺得喜歡的人再買就好了。我們也是和這樣的客戶做生意，請不要無理取鬧。」

「無理取鬧……」育語塞了，「你居然這樣對老客戶說話？」

山崎反駁育說：

「妳曾經多次惠顧小店是事實，可是老實說，我不希望妳買我們家的東西。我不想賣東西給妳，請不要再來了。」

育氣到連話都說不出來了。

離譜的舊貨商說的話不能信，一定是那裡賣的二手貨有問題。

育逐一檢查從「道具屋」買來的物品。但是即使仔細檢查，也沒看到奇怪的污漬，或是不顯眼的地方貼了符咒。如果外觀沒有異狀，也無從猜想物品的來歷。

育累到睡著，那天晚上又做了夢。

暗處坐著人影。人影捶打地板，以激烈的語氣咒罵著。

——夠了！

白天的煩躁重回心頭。她一直覺得人影很可怕，但這時第一次感到憤怒。

——這種人影，有什麼好怕的！

育在夢中起身了。她憤然掀被，同時也浮現完全無關的想法，原來在夢裡也可以活動嘛。就在她一腳踩到地上準備下床時——

有東西抓住了她放下的腳。育驚愕望去，一隻白色的手抓住了她的腳踝。手是從床底下伸出來的。腳被牢牢地抓住，育在夢中整個人凍結了。

節骨分明的纖細手指，一把抓住了腳踝。此時一樣白色的東西倏地從那手旁邊冒了出來，是另一隻手。從床底下冒出來的手在地板爬行摸索，找到什麼東西握住。手的前方反射出一道暗光。抓住拉回來的那東西是一把鎌刀。

育覺得全身的血液「嘩」一聲流光了。嘴巴裡整個乾掉，身體噴出冷汗。她想要甩開抓住腳踝的手。她拚命想要踢腳，腳卻完全動彈不得。握著鎌刀的手無情地劃過空中——

育尖叫著跳起來。她在床上彈起來似地起身，瞬間感到腳部一陣劇痛。她吃驚地掀開被子觸摸腳踝。一陣尖銳的痛楚，同時手上又濕又黏。急忙拿到眼前的掌心一片血紅。育屏住呼吸注視著，下一秒放聲尖叫。

「——育姊！」

育不停尖叫，聽見了敲玄關門的聲音。是眞穗的聲音。育滾下床鋪，爬到玄關，滑下脫鞋處打開格子門，看見一臉驚訝的眞穗，和站在後面的光子。

打開電燈，冷靜下來檢查傷勢，發現出血沒有在黑暗中看到的那麼嚴重。但腳踝上確實有被東西割傷的傷痕，流的血都把床單弄髒了。

「……明明應該是夢……」

眞穗和光子都用「怎麼會這樣」的表情看著育。

「總之得消毒才行。」眞穗說完站了起來，「我去拿藥。」

光子也站起來。育害怕被丟下來，直起身子想要挽留，但光子安撫地甩了甩手說：

「我去泡個茶。廚房借用一下。」

育吁了一口氣。眞穗很快就回來了，幫她包紮腳傷。

「眞穗說的沒錯……這個家有什麼鬼……一定是哪個中古家具在作怪。」

「妳不知道是哪一個嗎？」

「……不知道。完全沒譜。」

「什麼東西在作怪喔……」光子邊泡紅茶邊環顧房間，「就算妳這樣說，這個家裡也全是雜物嘛。」

「才不是雜物……」

居然把老用品叫做雜物！育心中憤慨，但沒有說出口。她不想刺激光子。最重要的是，她現在不想一個人獨處。

東張西望的光子注意到廚房放調味料的架子。是最近在「道具屋」買回來的架子。

她放在流理台旁邊固定的架子上，不僅深度剛好，底下還是雙層抽屜，存放小包裝調味料剛剛好。上層頗有高度，正適合拿來放橄欖油、義大利香醋這些尺寸不好和醬油等並排在水槽下的瓶罐。架子只有深處的中央部分貼著木紋美麗的板子，因此把漂亮的瓶罐陳列起來，相得益彰。而且還附有折疊門，想要遮起來的時候可以把門關上。

育在店旁未整理的物品當中發現這個架子，想到拿來放調味料太完美了。她衝進店裡，叫山崎非賣給她不可，要他出價，回想起自己當時的舉動，口中一片苦澀。

育正咬著下唇沉默無語，光子一臉嚴峻地回頭說：

「喂，這不是佛壇嗎？」

育呆掉了。

「正中央的板子是佛具板吧？……然後，這個……」光子說著，逕自打開上面的小抽屜，「送的醬油和黃芥末醬？」

她打從心底輕蔑地皺眉。

「這個抽屜叫遺物箱啊！」

她凶狠地說道，砰一聲關上抽屜。

「是用來存放手表或梳子這類故人愛用的小物的抽屜。居然拿來這樣用，真教人無言。」

「可是……道具屋什麼都沒說……」

育只能勉強擠出這樣的反駁。她根本沒聽說這是佛壇。再說，佛壇都是黑漆、有金色的裝飾，不是嗎？

育支支吾吾地這麼說，光子說：

「有種唐木佛壇，是不上漆也不上金箔，保留木頭本色的佛壇。」

「可是，」眞穗安撫地說，「看起來不太像佛壇呢。我也看不出來。」

看到眞穗困惑的表情，育想起以前眞穗看到這個架子時，也露出同樣的表情。她一清二楚地回想起當時眞穗欲言又止的聲音，「這不是……」

——眞穗早就發現了，至少她懷疑過。

「很久以前，打著也適合擺在客廳的噱頭，流行過一陣不像佛壇的佛壇，就是那類東西吧。」

光子說著，撫摸排列著瓶罐的層板。指頭抹髒了，她露骨地蹙眉道：

「都被調味料搞得黏答答的。居然拿來做這種會遭天譴的用途……」

「可是我又沒聽說這是佛壇！」

育揚聲抗辯。

「道具屋什麼都沒說，這不是太過分了嗎!?」

光子交抱起手臂。

「如果沒說是佛壇就拿來賣，的確是個問題。他跟妳說這是收納架嗎？」

育沉默了。山崎什麼都沒說。

「還沒有標價……堆在店旁邊，也還沒有清理……」

「然後妳硬要人家賣妳。」

「什麼硬要他賣我……我說我想要，叫他馬上開個價……」

「那個時候他沒問妳要拿來做什麼嗎？」

「才沒有。」

倒不如說，育不想要山崎干涉，硬是叫他賣給她就是了，把東西買了回來。

「最近那裡都不太想賣東西給我，會一直問要拿來做什麼，囉唆一堆……」

「這是當然的。」光子厲聲說，「換成是我也不想賣給妳。雖然舊，但因爲是好東西，所以才當成商品陳列出來。可是妳卻糟蹋了它們。要是知道會被妳拿來這樣用，根本就不會賣給妳。」

「怎麼這樣說？」

育想要抗議，光子打斷她：

「妳要說，買回來的東西愛怎麼用是妳的自由？或許是吧，可是妳想想那家店叫什麼？『道具屋』不是嗎？雖然舊，但可不是垃圾，是道具，是可以用的東西，就是懷著這樣的想法，才取了這樣的店名。」

育一驚，沉默下去。

光子傻眼地嘆氣。

「如果有什麼原因的話，會不會是這東西？我覺得最好拿去好好祭祀一番。」

育默默地點頭。

但實際上要如何祭祀，光子好像也不知道。育迅速調查，得知處理佛壇的時候，需要進行「移魂」儀式，跑去向附近的寺院求助。但她說明緣由——不過沒有說出異象——卻被委婉地拒絕了。

佛壇上有本尊，是佛像或是畫有佛像的掛軸，牌位就安放在那裡，寺方說如果沒有本尊和牌位，就不需要移魂。

「如果沒有故人的靈魂，佛壇就只是單純的家具。」

「可是，我覺得不能像一般物品一樣丟棄⋯⋯」

不願提起異常現象的育勉強這麼說，住持也許是解讀為她信仰虔誠，說：

「我了解妳感到不安，或是有所顧忌，但有時也需要放寬心。無論如何都無法這麼做的話，去找販賣佛壇的店家商量看看如何？」

「呃⋯⋯不能請你們在這裡燒掉嗎⋯⋯？」

「我們不收佛壇這麼大的東西。」

「沒有很大，是個小佛壇⋯⋯」

「我們寺院只收護身符那類東西，不好意思。」

住持語氣溫和地說，育也只能說「這樣啊」。為了慎重起見，她又問了兩家寺院，但寺方的說詞都一樣。她垂頭喪氣地回家，看見光子站在長屋前，和一個體格健壯的老人對著屋子比畫討論。育認得這個老人。應該是眞穗委託翻修工程的工務店老闆隈田。

「咦，妳回來了。」

光子對育招呼。可能是發現育正交互看著光子和隈田，害臊地說：

「我想要把屋子整理一下。」

「要翻修嗎？」

因爲光子總是瞧不起育和眞穗的樣子，因此育對於她要翻修房屋感到很驚訝。

「也不到那麼誇張。把一些有毛病的地方修理一下，想讓居家環境更好一點。」

光子說完，害臊地微笑。

「本來我一直覺得這屋子都舊成這樣了，再修也沒用，而且反正是租的。可是看到眞穗的房子，我覺得很羞恥。只要好好整修一番，老屋也能脫胎換骨呢。」

「整修……」

育在口中輕聲呢喃。育也總是整天在弄房子，但她領悟到那並不是在「整修」。排水不佳，她是會清除堵塞，但總覺得這不太能說是「整修」。

「仔細想想，也沒有計畫要搬去別的地方嘛。能不能住到最後一刻，雖然要看房東，但只要能住，就確定會一直住下去，既然如此，至少也得整修一番才行。」

光子說完後，問：

「對了，妳可以出門走動了嗎？去上班？」

「不，今天公司也請假……」

育這麼說，說明去找寺院求助的事。每個地方都拒絕了。隈田好奇地聽著，說：

「那應該沒辦法。最近政府對這類事情管得很嚴。」

「政府……」

「因爲說到底就是廢棄物。就算送去寺院，寺院要廢棄也很頭痛吧，總不能在寺院裡隨便燒掉。要是生那麼大的火，消防單位不可能坐視不見。」

「寺院叫我去佛壇店。」

「佛壇店或許會收吧。不過應該要錢，而且如果不買新的佛壇，或許他們也不想收。」

育當場蹲了下去。

——那到底該怎麼辦才好？

「怎麼了？妳還好吧？」

育抱住膝蓋。寺院不肯收的話，只能丟掉嗎？就是糟蹋褻瀆了它，才會演變成這種狀況，卻要把它當成大型垃圾丟掉嗎？

溫暖的手扶上育的背。是光子。

「我也會幫忙查一下能怎麼處理——對了，道具屋呢？東西是在那裡買的，找老闆商量怎麼樣？」

「我被列入黑名單了。」

「黑名單？」

「老闆叫我不准再上門。」

淚水奪眶而出。連自己都不知道是不甘心還是傷心了。

光子說的沒錯。從「道具屋」這個店名來看，可以想像育的行動有多讓人不舒服。腦中浮現老闆送家具過來時，驚愕地看著玄關的表情，以及育叫他把櫃體丟掉時的表情。育心裡怪老闆怎麼不直接說出來，也埋怨就算是這樣，老闆的態度也太差了。但是不管怎麼樣，她都沒辦法再去了。老闆都講白了不准她去，她實在沒臉去麻煩人家。

「我來想想辦法，好嗎？」

一道溫暖的聲音從天而降。抬頭一看，隈田正困窘地微笑著。

「雖然不知道是怎麼回事，不過小姐是爲了處理佛壇在煩惱吧？這裡有間寺院我很熟，我請寺院幫忙祭拜，把它處理掉吧。」

「眞……眞的嗎！」

「就請小姐準備一份給寺院的謝禮吧。我會請教寺院，如果可以丟掉，就跟我們店裡的廢木材一起處理掉，要不然就把它拆了，變回木材，總有辦法處理吧。」

「……謝謝老闆！」

——啊，又來了。

育在做夢。黑暗中有人影。人影背對著這裡，口中叨唸不休。聲音中斷了。剛以爲中斷了，立刻又激動地繼續。

——佛壇不是已經處理掉了嗎？妳到底要說什麼？

女子的聲音斷斷續續。啜泣似地哽住，抽泣一陣之後，又破口大罵。她邊哭邊罵的對象是育嗎？我到底做了什麼？

育煩躁地專心聆聽，突然驚覺一件事。完全聽不懂女人說的話。她是不是在說外語？

這麼想再聽，那好像不是日語，也不是英語。育知道的外語就只有英語了……不過聽起來像是亞洲某地的語言。

育赫然想到了。會不會是亞洲風格家具？家裡有好幾樣亞洲風格的小家具、小物、餐具和花器。

難不成是薩拉斯瓦蒂像？這麼想再專心聆聽，聲音彷彿是從浴室那邊傳來的。記得薩拉斯瓦蒂是不是某個神明？因爲她把神像當成放洗衣籃的台子，所以遭到天譴了？

——得丟掉才行。

把所有東西全部集中起來丟掉。

——丟掉沒關係嗎？

說處理是很好聽，但其實就是當成垃圾丟掉。她覺得這樣做……會遭到報應。

——可是，除此之外還能怎麼做？

女子搖晃上身捶打著地板，以育無法理解的話激動地咒罵著。大概是在罵育吧。一個勁兒地責罵——然後聲音中斷。邊哭邊罵。一連串陌生的發音，一股腦地罵著育。

——不要再罵了！

好想摀住耳朵。

——我不懂。我不懂妳在說什麼，所以也不知道妳在氣什麼！

到底是不中意什麼？爲什麼就只罵我一個人？我到底做了什麼事？我做了什麼非被這樣責罵不可的事嗎？

育忍不住大叫：

「妳夠了沒！」

她爬起來喊叫。夢裡只有一片黑暗，當然也沒有人影。只有詛咒般的聲音流洩著。

一連串意義不明的發音。

一串格外清晰的聲音響起。它以育無法理解的異國話語，朝著她發洩激昂的感情。育望向聲音傳來的方向，看見面對緣廊的紙門開著。有人正要從敞開的紙門進入這裡。

育發不出聲音，全身瑟縮，結果那影子踏進後面的房間了。看起來是一道黑影，卻不知爲何知道是女人。女人一手握著東西。那東西在黑暗中反射出暗光。

——是鐮刀。又來了。

育握住還在作痛的腳踝。

「……不要……」

育發出沙啞的聲音，瞬間女子的影子一手唐突地掉了下來。就像從肩膀被斬斷一樣，掉下來滾過榻榻米——女子再跨出一步，同時另一手斷了。再踏出一步，留在後方的腳當場掉在地上。只剩一腳的女子原地倒下。倒地的衝擊，讓腳和頭彈跳似地滾開……

育閉上眼睛尖叫起來。她抱住頭，不停地尖叫。玄關立刻傳來敲門聲。又是光子和眞穗趕來，大聲叫她。

育受到兩人的聲音鼓勵，跳下床鋪。跑過土間，打開門鎖，衝出玄關。

「育姊……到底……」

「救命！我要被殺了！」

四分五裂的女人的影子。那是表示女子被分屍了嗎？還是在暗示要把育弄成那樣？至少上次夢見腳被砍斷的夢時，育的腳眞的被割傷了。

這天晚上，育在眞穗家過夜。雖然眞穗叫她休息，但一想到或許又會出事，她實在是不敢睡——不，不對。她是害怕如果說「我要睡了」，眞穗也會跟著一起睡。她不想半夜一個人被拋下。

育坐在客廳，一直熬到早上，才總算昏昏沉沉地睡著。眞穗沒睡多少就出門上班了，叫育在她回來之前先睡一下。育在明亮的陽光壯膽下，總算沉沉地睡了一覺。一直等到眞穗回來，育才從泥淖般的沉睡中醒來。眞穗背後跟著一個年輕人。

「隈田先生請我過來看看。」

男子這麼說，他自稱尾端。

「不好意思擅作主張。」眞穗歉疚地說，「是我找隈田先生商量的。因爲隈田先生也很擔心佛壇的事……」

「這是沒關係。」育嘟囔著，「你是……靈媒還是？」

「不是。」尾端苦笑地說，「不知道爲什麼，我經常幫忙人家處理這類事情——方便讓我看一下府上嗎？」

育老大不願意地點頭。讓人看家裡是無所謂，但育自己不想進屋。畏縮不前的自己實在可悲。雖然發生過許多事，但這屋子也是育親手打理的。然而現在卻覺得一切都被糟蹋了，讓她難過極了。

看到脫鞋處，尾端瞪圓了眼睛，對房間木框前面倒扣的抽屜苦笑。

「難道是那個抽屜……」

「應該不是。」尾端微笑，「雖然使用方式很大膽創新，但妳並沒有弄壞它。」

「可是……」

「不過它原本是抽屜，這樣滿可惜的。替它加個框如何？然後把抽屜放進去。就算再加上兩塊木板的高度，應該一樣可以墊腳。反而如果目的是調整高低差，這樣更好，而且也可以增加收納空間。」

「啊……說的也是呢。」

被這麼一說，感覺這樣做比較好。

「那個痕跡是怎麼了？非常不均勻。」

尾端望向壁櫃的門。

「是我害的……沒有漆好。那邊的牆壁也有，就像人影一樣，很恐怖，對吧？」

「我倒不覺得像人影……再上一層漆就可以了。顏色再調深一點，比較不容易不均勻。比方說紅殼色（註一）。」

「喔……」

「這個顏色帶橘，所以再疊上較深的紅色，也會更顯色。」

尾端說著，仔細檢查屋內。

「在土牆上貼布很有意思呢，可是這面牆泛澀了。」

「——泛澀？」

「如果一開始沒有做防澀的步驟，土牆無可避免地都會浮出漬痕——啊，這邊的架子也是手工的。妳真的很喜歡手工藝。」

聽到尾端微笑著這麼說，育不知為何開心到幾乎想哭。

「……這個呢？」

尾端停下腳步的地方是緣廊。他跪下單膝，拿起吸水地墊。

「啊，這本來是和服，因爲有厚度，想說拿來當墊子剛好。」

原本是藍染的農作衣，雖然有底紋，但沒有花樣。因爲不討喜，所以拿來做成浴墊和廁所的墊子。

「妳把它剪開了？」

尾端臉上的微笑消失了。雖然完全不是責備的語氣，育卻忍不住感到心虛。

「……因爲我又不穿和服，再說，那本來就不能穿了，又舊又破……」

尾端對試圖辯解的育說：

「我不太清楚這方面的事，不過這件和服……妳是不是在東北——青森那邊買的？」

「不是，是山形的親戚送我的。說是拆掉倉庫時裡面的東西。」

「那，是流落到山形那邊去了嗎？這應該是津輕的民藝品，是津輕小衣（註二）。」

「小衣？」

尾端將地墊拿到明亮的窗邊。

「布上密密麻麻地刺滿了線，對吧？用線在布上以針腳刺出圖案——是一種刺繡。」

註一：即紅色氧化鐵的顏色。
註二：原文爲「津軽こぎん」。「こぎん」的漢字可作「小衣、小巾、小布」等。

「抹布之類上面的那種刺繡？」

育聞言愣住。她早就發現布上有紋路，但一直以為本來就是這樣的織品。

「是的。不過津輕的小衣刺繡很獨特。古時候津輕地方氣候寒冷，無法種植棉花，所以平時穿的衣物都是麻料。我也聽說過江戶時代政府頒布儉約令，農民只能穿麻衣——不管怎麼樣，他們都只能穿粗布麻衣。」

尾端說道，撫摸地墊。

「麻布很粗，所以很透氣。津輕氣候很冷，所以當地人用絲線密密麻麻地刺繡在布上，以提高保溫性。只要用刺繡填滿隙縫，就能堵住空隙，而且布和線疊在一起，等於變成了兩層。尤其是肩膀和背部，在務農的時候會揹負重物，是最容易磨損的部位。只要加上刺繡，也可以補強這些部位的布料。」

「這樣啊……」

「等於是只要把線縫上去就好了，但津輕地方的婦女並不就此滿足。只要用線縫布，就會出現針腳，對吧？」

「嗯……就像虛線。」

「如果以相同的針腳，整齊地縫上一整排，就會變成直紋吧？」

育呆掉了——縫完一條線後，緊貼著以相同的方式再縫上一條，就會有兩條線並排在一起。等於是虛線縱向連續。照這個方式三條、四條地整齊縫下去，針腳便會連續在一起，形成直紋——應該會是這樣。

「照道理是這樣……可是有辦法縫得這麼整齊嗎？」

「布料是以經線和緯線交叉織成的。只要決定沿著緯線，橫跨幾條經線來縫，應該就能縫得整整齊齊吧？」

「這……嗯……」

確實如此，但是去數布料上面的線？花上那麼多誇張的勞力？

「小衣就是以這種方式縫出來的。邊數線邊縫，以呈現的針腳來描繪出幾何學圖案。」

「太扯了吧……」

育自言自語，拿起地墊。細細一看，深藍色的布上以深藍色的線描繪出像菱形的圖樣。比起聽到尾端說明而想像的，布料的洞孔更大、刺繡的線更粗。即使如此，在這麼大的面積上，逐一計算線的數目來刺繡？

「第一段只有一格在表面，第二段有三格，第三段有五格……照這樣刺繡下去，就會出現三角形圖案，對吧？然後再反過來減少格數，就會變成菱形。」

若是將針腳跨越三格，一格一格錯開，就會形成線寬三格的菱形輪廓。尾端說，像這樣錯開針腳，就能呈現出複雜的圖樣。

「這……不是機器織的？是用手縫的？邊數布上的格數邊刺繡？」

幾個大菱形連續並排，菱形裡面有大大小小的菱形如小花圖樣般或聚或散，規則排列。用一條線縫出來的點、以數條線呈現的線，每一個針腳都是公釐單位。這些針腳描繪出小花，小花聚集成田字、井字，其間以條紋區隔，漸次形成大圖案，密密麻麻地連續著。

——這到底費了多少工夫？

「據說津輕的女人從小就開始拿針線，每到冬季的農閒期，就會刺繡小衣。每個人都會在圖案上下工夫，刺繡出繁複美麗的圖案。據說出嫁的時候，會從裡面挑選刺繡得特別好的衣物帶去夫家。」

尾端說道，露出微笑。

「因爲是未來的嫁妝，所以一定花了許多心思和工夫，發揮全副本領，做出最棒的刺繡吧。」

「是啊……」育喃喃的聲音沙啞了。

——而我居然把它剪開，拿來當擦腳墊。

育重新拿起來端詳的布上，無數的幾何學圖樣複雜交錯，形成纖細精緻的花紋。

——啊，原來那是津輕話。

早已不在這個世上的某人。傾注心血縫製了這身衣裳的某人。

「基本上，東北的農家都很貧窮，布和線都十分珍貴。布只有粗麻藍染布，線雖然是綿線，但也只有原色的白線。以這樣的線，把這樣的布刺繡成美不勝收的禮服，如果磨損了，就修補後當成日常衣物繼續穿。聽說如果線髒了，會再重新染成深藍色。若是舊了，就以新的線再刺繡一層，一樣舊了就再染色、再刺繡，磨破的話，就剪下還能用的地方當成補丁，珍惜無比地繼續使用。」

育機械性地點點頭。手上的布雖然連線都染成了深藍色，但並未刺繡到兩、三層那麼多。是還沒有穿到那麼舊就送人了嗎？——還是物主過世了？

「傳說就連雨傘，日久年深，也會幻化成精——姑且不論是眞是假，但一般認爲，物品都有靈魂寄宿在上面。如果是製作者花費如此多的心血完成的東西，即使有什麼寄宿其上，我覺得也是很合理的事。」

育抱著地墊，看著尾端。

「我……我該怎麼彌補……」

「把它縫回完整的和服怎麼樣？至少把刺繡的部分接回原狀，把缺損的圖案填補起來。」

「可是，這……」

這麼難的事，我怎麼有辦法？育說到一半，靈光一閃。

──有光子在。

尾端回去以後，育拜訪光子。

「那個……這塊布……」

光子應該用完飯正在休息，背對著餐具還未收拾的矮桌，坐在進房間的木框上。育把地墊遞向她。

「我想要把這塊布恢復原狀……它本來是一件和服。是沒有長袖子，像農作服的和服……」

「咦，這樣很好啊。」

光子也沒問為什麼，當場點頭，育感到疑惑：

「難道光子嬸知道它就是原因嗎？」

這麼說來，育在剪開農作服時，光子剛好過來，說她「眞是瘋了」。

光子眨眨眼睛。

「不知道──它就是原因嗎？」

「還不清楚。」育道出經過。

光子微微苦笑說：

「也是有可能呢──沒有，我只是覺得把衣服弄成另一個樣，實在很可憐。」

「可是……」

育把來到喉邊的話吞了回去。一直以來，育都辯解說「那是農作服」、「又不能穿」，但一想到上面美麗的圖樣，和刺繡出它們的心血，她實在沒辦法再搬出同一套藉口。

「和服是有一生的。縫製成禮服或外出服，髒了就拆開來洗乾淨，重新縫回去。如果穿到磨損了，就剪掉磨損的部分，做成外褂或小孩子的衣服。若是再穿到磨損了，就做成被子的表布。如果再磨損了，就當成零碎布，用在各種用途──這就是和服的一生。」

光子說著，愛憐地撫摸布塊。

「沒辦法壽終正寢，不是很可憐嗎？」

育只能默默低頭，光子兀自撫摸著布，說：

「咦……這是刺繡嗎？」

「聽說叫做小衣刺繡，是津輕地方的刺繡。」

「天哪，太厲害了。」光子拿起布來對著光檢視，「滿滿的都是——太厲害了。這是手工刺繡吧？到底花了多少心血？」

「有辦法恢復原狀嗎？」

光子瞇眼細看了一下，說：

「我沒學過小衣刺繡，但知道原理。一、三、三……五、三……是縫奇數格呢。」

「可以麻煩妳嗎？」

聽到育的話，光子把布放到膝上，淡淡地苦笑道：

「妳自己來吧。」

「……咦？」

「是妳剪開弄壞的，得自己補救才行。要怎麼做，我可以幫妳一起想。」

「這……」育嘟囔，「妳覺得我做得到嗎？」

「不是做不做得到，而是要去做。妳不是喜歡ＤＩＹ嗎？」

「可是這麼麻煩……」

「做東西本來就不能怕麻煩。妳就是怕麻煩，才會一下就走旁門歪道，標新立異。」

被光子嚴厲地這麼說，育反射性地一陣惱怒，但立刻轉念覺得一點都沒錯。她在家裡搞東搞西，卻從來不願意花時間工夫。所以櫃門才會漆不均勻，牆壁也浮現漬痕。但即使是這樣的家，因爲發生怪事而不敢再踏進去時，她還是覺得難過極了，畢竟是自己花了心血的住處。

——但是傾注在這東西上的時間和工夫，是我那些嗜好根本無法相比的。

若是想到製作者的心血，她絕對沒辦法拿剪刀剪開這塊布吧。同樣地，應該也沒辦法對還能使用的抽屜櫃和道具做出那麼殘忍的事。

「可是……我縫紉很爛。萬一弄壞它怎麼辦？」

「只是一邊計算格數一邊刺繡，只要細心地去做，不會差到哪裡去的。雖然應該很花時間。」

育露出微笑——忽然想到一件事。

「這樣她就會原諒我嗎？」

「只能誠心誠意向人家道歉了。說妳會一針一線，努力漂亮地縫補回去。」

「是啊。」育點點頭。

「總之先把這縫線拆開吧。」光子皺起眉頭，「眞的縫得好糟。」

「就說我縫紉很爛了……」

「不過總比用縫紉機好。要是用縫紉機縫，拆開時想要不傷到布料，就得大費周章了。」

光子請育進屋。

「刺繡的線被剪斷了，得先固定起來，免得線繼續鬆開。我教妳怎麼弄，妳來幫忙。」

水之聲

古老的住宅區邊陲，旁邊聳立著堤防。形成兩階的土堤幾乎高及屋頂，表面被修剪過的青草覆蓋。有幾群繁茂的芒草，也許是漏網之魚，或是刻意留下的，銀色的芒花在河風中搖曳。

——啊，已經秋天了。

遙奈心想。不經意地深呼吸，嗅到充滿秋意的氣味。遙奈覺得秋天的氣味就是枯葉的氣味，或是乾燥的枯草味。總覺得懷念，或許是因爲很像小時候在祖母的田地裡躺在稻草堆中聞到的味道。

遙奈站在原地想著這些，忽然有人叫她：

「咦，這不是石飛小姐嗎？」

被澀啞的粗嗓子呼喚，回頭一看，堤防邊的倉庫正走出一名老人。見他站在大大地敞開的門外的菸灰缸旁，應該是出來抽菸的。

遙奈微笑，行了個禮。

「好久不見了，隈田先生。」

隈田是工務店的老師傅，遙奈任職的建商也會發包工程給他。不只是遙奈，許多業務員也都說「重要的工程就要找隈田工務店」。技術高超，而且既快又好。

「眞的好久不見了。今天是來工作的?」

「沒有……剛好到附近來。」

遙奈說，但這是謊話。其實她只是想來看看隈田。遙奈覺得隈田和她最愛的祖父氣質相近。

「妳特地來探望我這老頭子啊?眞欣慰。」

隈田笑道，指著倉庫旁邊說「喝杯茶再走吧」。隔壁的透天厝是隈田家兼事務所。從屋子旁邊進去的後方有棟老建築物，是他以前的住家，現在是年輕木匠的宿舍。倉庫是資材存放處兼工場，可以看到裡面有約三個人在工作。遙奈向他們頷首致意，隨著隈田前往事務所。

事務所總是有人在，不過今天沒有人。「都出去了。」隈田說，親自泡茶給遙奈。遙奈遞出在路上買的和菓子禮盒。

「剛好經過。」

她這麼說，隈田聞言哈哈大笑：

「剛好到附近、剛好經過，妳這小姐也太忙了。」

遙奈在會客區沙發坐下，縮起脖子回笑道：

「其實是我自己想吃，所以跑去買。」

「那我們就來吃吧。」

菊花造型的白糕與黑糕，是當地知名的「外郎糕」。隈田打開包裝後說：

「……黑色的比較多呢。」

「黑色的不好吃嗎？」

兩種都有淡淡的生薑味，但黑色的是黑糖風味，有豆沙餡。

「我比較喜歡白的。」隈田說。

「絕對是黑色的比較好吃呀。」

「是嗎？」

兩人閒聊著，吃外郎糕配茶。聊了一陣後，隈田柔聲問：

「是怎麼啦？跟男朋友吵架了嗎？」

遙奈半是心想果然看得出來，另一半則想隈田先生就是這麼體貼，所以我才會來找他。

「……是沒有吵架……」

遙奈雙手捧住茶杯說：

「……我下了莫大的決心，向男朋友求婚，結果被拒絕了。」

隈田瞪圓了眼睛。

「小姐主動求婚？那眞的是莫大的決心呢。」

揶揄地說完後，隈田略略皺眉問：

「可是，對方不是末武嗎？」

遙奈點點頭。

遙奈是在前年認識末武弘也的。一開始是因爲工作認識。弘也是公務員，因爲想要翻修家裡，拜訪遙奈的公司。遙奈負責承辦他的案子。

當時弘也的父親還在。弘也的母親在他讀國中的時候過世了，他和父親兩個人住，說想要爲了因爲腦梗塞而行動不便的父親翻修老房子。遙奈委託隈田做工程，一切談妥，就只等動工，此時弘也的父親卻因爲腦溢血過世了。

弘也沮喪得教人看了不忍。尤其父親的腦溢血，是弘也上班不在家時，跌倒撞到頭而引發，這讓他強烈地自責應該要早點翻修家裡的。翻修工程晚了一步，繼續進行，讓弘也看起來眞的很難受。因此雖然身爲員工，這樣做實在不值得嘉許，但遙奈也和隈田討論，提出暫緩進行。契約上等於是以無限期延期的形式作廢了。雖然被上司刮了一頓，但遙奈並不後悔。只會爲案主帶來痛苦的翻修，她不認爲有何意義。

老實說，一方面也是因爲遙奈對弘也抱有好感。她也用討論案子爲名目，和弘也一起去吃飯喝酒。隈田察覺遙奈對弘也的好感，不著痕跡地支持。遙奈不想看到弘也自責的樣子。她希望剛失去父親，沉浸在喪父之痛的弘也能好過一些。契約作廢後，她正式和弘也交往。

「可是……現在回想，一開始也是我主動要求『請和我交往』的呢。」

「這說法不正確。」隈田爲遙奈的杯子補滿溫茶，「妳是說『以後我也可以繼續來找你嗎？』」

隈田也在自己的茶杯裡添茶，爽朗地笑了。

「妳是在我面前說的。那時候我很佩服，心想這小姐眞是太正大光明了。」

遙奈也笑了——當時她感覺與弘也的關係就要斷了，焦急萬分，所以忍不住在最後一次討論案子的時候提了出來。雖然也是因爲她就是如此把隈田當成自己人，但也覺得是被隈田調皮的眼神所煽動。

這次工作結束後，我還想跟你一起出來——希望你和我交往——遙奈如此要求。她不想讓消沉的弘也一個人獨處，之前相處的感覺，也讓她覺得弘也應該會接受她。她認爲得隈田也是這麼想，才會兜著圈子慫恿她採取行動，免得工作結束後，兩人也就此分道揚鑣。

「妳們不是很順利嗎？」

隈田問，遙奈點點頭。她一直是這麼向隈田說的，實際上也覺得兩人眞的很順利。

「我一直以爲末武也有意思跟妳在一起。」

兩人好幾次和隈田一起吃飯。和隈田碰面，弘也也顯得很開心。就如同遙奈在隈田身上看到祖父的影子，弘也似乎也在他身上看到父親的影子。

「末武……今年三十一嗎？還不到考慮結婚的年紀嗎？男人都很幼稚嘛。」

遙奈搖了搖頭。

比方說，如果弘也的理由是「我還不考慮結婚」、「我根本沒有和妳結婚的打算」，雖然難過，但可以接受。然而弘也提出的理由卻不是這些。

父親死後，弘也消瘦了。一起吃晚飯的時候，他也吃得很少。一個人的時候好像幾乎沒怎麼吃，不光是吃飯，感覺對生活的一切都變得意興闌珊了。因此遙奈才會鼓起全副勇氣，提出「我想跟你結婚」。

可是弘也驚訝地看了遙奈片刻，別開目光搖了搖頭。

「……不行嗎？」

遙奈都快哭出來了。

「不是妳的問題，都是我不好。」弘也說了讓人無法理解的話。意思是遙奈並沒有什麼過錯，而是弘也沒辦法對她付出感情嗎？遙奈看著弘也，心想與其這樣安慰，倒不如乾脆什麼都別說。

「──我沒有結婚的資格。」

然而弘也難受地垂著頭這麼說。

「什麼資格……」

遙奈驚慌不解。

「因爲我大概就快死了。」

所以──弘也道歉道：

「我覺得其實我不該跟妳交往，只會害妳傷心而已。可是我很想見妳，也想跟妳在一起。」

對不起──弘也低頭行禮。

「這是什麼意思？你身體哪裡不好嗎？」

遙奈問，但弘也說「不是」。遙奈追問到底是什麼意思，弘也卻只是哀傷地閉口不語，最後嘆了一口氣，開口說：

「說的也是……我這樣說，無法讓人接受呢。」

說完後，弘也筆直看著遙奈說：

「我接下來說的話或許聽起來很怪……可是可以請妳先聽我說完嗎？」

——最早是我小學五年級的時候。

五年級的暑假，我和小學同學去河邊玩——嗯，就是隈田先生的事務所旁邊那條縣境的河。我家就在隈田先生的事務所的上游。走路到堤防大概要十分鐘，雖然不是近在屋旁，但也算是在河的附近。堤防和堤防裡的河邊是我從小的遊樂場。然後再騎自行車三十分鐘，溯河而上的地方，有一座大堰，不曉得妳知不知道。

那是一道隔開寬闊河面的矮堤堰。被堵住的水會滿出來越過土堰，流到下游。接水的地方是一片寬闊的混凝土面，那裡形成一片淺水處。混凝土面的前方沉著像巨大磚塊的東西，並排著形成跨越河流的河灘。除非水量很多的時候，否則混凝土塊的表面都會露出水面。河水流過混凝土塊的隙縫，變成小魚蝦蟹的住處。

我們經常去那裡玩。水位高的時候很危險，也聽說有小孩被混凝土塊的縫絆倒溺水。所以每次暑假前，大人都一定會警告小孩不許去玩，但根本沒有人遵守。至少直到五年級的那個暑假以前，大家都滿不在乎地跑去玩。

那天——水位有點高。平常都可以踩著混凝土塊走到河的對岸，不會弄濕腳，但那天有幾個地方被水淹過，但也不到會把人沖倒的水量。反正是夏天，大家滿不在乎地脫下鞋襪，拿著魚網嘩啦啦地踩進水裡。

大家玩了一陣子，有個叫龍童的男生突然大叫一聲。阿龍跟我從小認識，我們住在同一個町內，町內的男同學就只有三個，我和阿龍，還有另一個叫笹井——阿笹，所以我們從小就經常玩在一起。升上高年級以後，我就沒有再跟阿笹玩了，但還是常跟阿龍一起玩。阿龍跟我雖然也不算死黨，但一直有來往，是玩伴之一。

「哇！」一聲大叫傳來，大家回頭看去，阿龍被水沖走了。

土堰下面的混凝土塊河灘，那裡的途中有幾個像深溝一樣的地方，寬度大概一公尺——不，大概更窄吧，總之是小孩子也跳得過去的寬度。溝裡的水流滿強的，阿龍就是正漂過那裡。

阿龍發出「哇！」的假惺惺大叫，邊叫邊笑。就像漫畫一樣，雙手高舉被沖走。混凝土塊結束後的地方水相當深，阿龍被沖到那裡之後，哇哇叫著，雙手拍打，就好像溺水了。

——嗯，我們都覺得阿龍是假裝的。實際上他一定是故意被沖走的。阿龍就是這種小孩，動不動就作怪，惡搞過頭。

老實說，阿龍這種個性讓我覺得很煩。小時候覺得他很好笑，但升上高年級以後，就愈來愈看他不順眼。這天也是，我覺得他又來了。穿著衣服跳進水裡，故意裝出被水沖走的樣子，想要引起騷動，幼稚死了。這麼想的應該不只我一個。因爲其他小孩也說「夠嘍，不要那樣啦」，沒有半個人擔心他。

……所以。

所以，我大喊，「有螃蟹！」

腳下的混凝土塊之間有螃蟹是事實，我本來正要去抓那螃蟹。阿龍就是在這時候大叫的。我覺得很受不了他，所以大喊「有螃蟹」，明明根本不怎麼大卻驚呼，「有夠大的！」其他小孩聚集過來，一起抓螃蟹。螃蟹嚇得躲進混凝土塊之間……大家一起找那螃蟹……

好一段時間，大家都專心在抓螃蟹，然後回頭一看，阿龍不見了……

我覺得是因為沒有人起鬨，阿龍覺得沒趣，所以躲起來了。其他人也這麼說，也有人大喊，「不要那麼無聊，快點出來啦！」可是阿龍還是沒有出現，大家都說他一定是生氣回家了，可是上岸一看，阿龍的鞋子和自行車都還在。

有人說，會不會是眞的溺水了？我們都快哭出來了，到處找阿龍……然後向經過的大人求救。

……阿龍眞的溺水了，他被發現人沉在水底。

我們對大人說阿龍被沖走溺水了，但沒有說出我們認為他是假裝的，所以沒理他跑去抓螃蟹了。雖然並未刻意串供，可是沒有任何人提起。

只說他被沖走——一下子就不見了。

沒有人說出來，表示每個人心裡想的都一樣。也就是阿龍在惡搞胡鬧，所以我們裝作被螃蟹吸引，不去理他。否則至少應該會有一個人說出當時我們在抓螃蟹，沒有理他，然後他就不見了。

沒有任何人提到螃蟹。只說阿龍被沖走，就這樣不見了。

……很殘忍，對吧？

那個土堰很危險。以前也有小孩子溺死在那裡。混凝土塊鋪成的河灘結束的地方，河底被水沖刷得很深。而且底部也有混凝土塊。不知道是河底被沖刷的結果，讓混凝土塊碎裂掉落在那裡，還是一開始就是這樣鋪的，總之大家都知道河底有混凝土塊，萬一腳卡進縫裡，非常危險。

因此阿龍在那裡拍水掙扎的時候，即使覺得他是假裝的——就算他眞的是裝的，也應該要擔心他會有危險。就算事後被他笑「上當啦」也無所謂，必須去救他才對。

阿龍在河裡溺死了。我們參加了阿龍的葬禮，但我們和我們的父母被阿龍的母親趕出去了。阿龍的母親哭著罵我們，「爲什麼帶阿龍去那種地方？」、「爲什麼不救他？」她說，「你們見死不救！」、「是你們害死阿龍的！」

——妳說他媽媽很過分？

會很過分嗎？……的確，不是說阿龍不想去河邊，我們硬把他拖去，也沒有人慫恿他下水玩。一開始根本就是阿龍起的頭。可是阿龍溺死了，我們平安無事。也有大人安慰說，要是小孩子自己隨便下水救人，搞不好連我們都溺死了。說雖然很不幸，但這是沒辦法的事，幸好小孩子沒有隨便下去救人。

或許是這樣沒錯。可是我知道實際上發生了什麼事。我們以爲阿龍是假裝被沖走的，故意不理他。至少我清楚自己是這樣的心態。阿龍的母親說的沒錯。我對阿龍見死不救，害死了他……

——小孩子嘛，沒辦法？

嗯，是啊，小孩子嘛，沒辦法。那天的我們，實在是幼稚得可悲。

明明是危險的地方，卻以爲不會有事。因爲大人警告危險不可以去，反而覺得特別刺激好玩。我們自以爲沒那麼幼稚，會被阿龍假裝溺水給騙了。覺得阿龍才是幼稚鬼，才不要理他。我們無法察覺危險，不夠成熟，無法包容阿龍愛胡鬧的個性。我們沒有立刻跳進水裡救人的行動力和勇氣，也沒有馬上找大人求救的機智——眞的幼小到無可救藥。

我覺得阿龍的母親對我們的責怪一點都沒有錯。她說的至少有一半是對的。但是似乎有更多人和妳一樣，覺得「這樣責怪小孩子太過分了」，結果反而是阿龍家在町裡變得格格不入，待不下去而搬走了。

當時一起去河邊玩的朋友，也就此疏遠了。即使碰面也覺得尷尬——不再交談，開始躲避彼此，就此斷了聯絡。

所以我只能一個人扛著祕密。我非常心虛，非常害怕。不能向任何人傾吐，難受極了。我怕被別人說話，那個暑假都關在家裡不出門。父母可憐我，帶我去了許多地方，也陪我玩耍。和父母黏得那麼緊的暑假，我想那是第一次，也是最後一次了。

父母明白我一直對阿龍的不幸耿耿於懷。他們不知道眞正的底細，好像覺得朋友的意外在我的內心造成了創傷，所以我才會變得這麼陰沉。

實際上我就是個陰沉的小孩。我一直感到心虛，身邊的人對我的體恤，讓我更加心虛。和朋友也疏遠了。雖然我想交新的朋友，但刻意去交朋友本身，讓我意識到自己因故被迫和原來的朋友疏遠的事實。我覺得自己好像在扮演「普通的小孩」，怎麼做都不對勁。阿龍死掉的隔年，住隔壁的阿笹搬去鄉下外婆家，町內沒有半個同學了。也沒有年紀相近的男生，離開學校就沒有玩伴，在校內也交不到新朋友，結果我成了只能自己找樂子的小孩子。

上國中以後換了同學，環境有些不同了，但一年級的時候，母親久病過世，結果我依然是個陰沉的小孩。母親死後，我被送到鄉下的祖父母家。我想父親是擔心他一個人沒辦法把我照顧好。雖然當時我的年紀已經可以一個人在家，但父親覺得我不該一個人獨處。他認爲不幸的事故仍然影響著我，我應該要有人陪伴。

而父親是對的。搬到祖父母家以後，我應該變得開朗多了。也正常地交了朋友，會和朋友一起在外面玩到傍晚。我在祖父母家住了兩年。和父親討論後，決定高中回來這裡讀。我從鄉下的國中報考這邊的高中，在這裡讀了三年的高中，然後離家去念大學，畢業後在大學所在地找了份工作，但後來又回來了。因爲父親生病了。

——我應該告訴過妳，我父親是在五年前病倒的。是腦梗塞。有段時期狀況很糟，脫離危機後，也需要相當久的療養和復健。我父親花了半年以上，總算可以自理生活了，但我實在沒辦法丟下他一個人。所以他出院的時候，我也搬回了這裡。

……我之所以說這些，並不是想要妳知道我的過去。而是因爲接下來我要說的話，需要先了解這些背景。

……就是。

……第一次出現，應該是那起意外發生後的隔年夏天。

暑假的到來讓我難受。意外發生在暑假剛開始不久，所以暑假要來了——暑假到了那種期待的感覺、那種感覺本身讓我排斥到不行。

……是啊，明明還是小孩子，眞的很奇怪呢。居然會陷在那件事裡那麼久。

因爲是小孩子，遺忘得也快。我也是一樣，如果什麼事都沒有，或許早就忘了。如果只是單純的意外的話。

可是我心知肚明，那不能說是單純的意外。我需要時間遺忘，而且朋友也都不在了。阿龍的媽媽每次遇到我，都會惡狠狠地瞪我。她不肯讓我遺忘。

我變得很少外出，結果錐心刺骨的痛苦變得淡薄了，然而接下來變成阿龍一家人待不下去搬走了，這讓我更加坐立難安。我覺得那也是我害的——但這種感覺也漸漸淡薄——夏天近了，隱約的罪惡感讓我鬱鬱寡歡，結果這時候阿笹家辦了葬禮。

嗯，就是我家隔壁的同學。雖說是隔壁，但阿笹家很大，我們兩戶中間隔著廣大的庭院，所以不太有「隔壁」的感覺。我們從幾年前就有些疏遠，雖然見了面就會聊個幾句，但不算是好朋友。阿笹的祖父過世，我和父親一起去致哀，但一聞到會場的香——那叫抹香嗎？一聞到那味道，我就想起了阿龍的死和他的葬禮。那天的情景逼眞地浮現眼前，就好像阿龍正從我面前被沖走，當時的感受，還有後來在葬禮上被痛罵的事，都歷歷在目地掠過眼前。

結果我又整個變回一年前的狀態了。後來沒多久就進入暑假，每天晚上一上床，我就開始數日子，「還有兩天」，會像這樣，想著距離阿龍死掉那天「還有幾天」。前一天眞的很慘，不管做什麼，滿腦子都是「明天阿龍就要死掉了」，整個腦袋都是這個念頭，喘不過氣來，只想著明天，就是明天。明明又沒辦法時光倒流去阻止。

那個夏天眞的爛透了……就是從那個夏天開始，我偶爾會聞到水的味道。

並不是在水的附近，而是在自己的房間，或是學校教室，會忽然聞到水的味道，而且是沉澱腐臭的水。

我覺得那是阿龍溺死的水底的臭味。

夏天過去了，這種情形卻沒有消失。不僅如此，還一直持續下去。明明沒有水，但不管是在教室、體育館還是電影院，偶爾就是會有沉澱的臭水味從背後忽然飄過來。起初我會尋找臭味的源頭，卻一無所獲。每一次我都想起沉在水底的阿龍……明明我根本沒有親眼目睹。

青綠色的水中，坐落著纏繞水藻的混凝土塊，阿龍就沉在其間，悠悠擺盪地看著我——是這樣的情景。

夏天過去、秋天過去，都進入冬天了，我依然偶爾——不，頻繁地聞到臭味。然後，那大概是隆冬時期，一個非常寒冷的早晨，我在盥洗室洗臉。因爲天冷，我用熱水洗臉，所以盥洗室的鏡子起了一層霧。我的臉和後方和室的情景模糊地倒映在上面。平常和室的紙門都是關起來的，盥洗室的門也不會開著不關，但這天碰巧兩邊都開著，所以我看見和室裡面的牆壁了。

——阿龍就在那裡。

阿龍坐在和室深處陰暗的牆壁下方。他抱著膝蓋坐著，從暗處看著這裡。

那天水的臭味格外強烈。我懷疑是排水孔的臭味，彎身湊下去聞，抬頭的時候，在鏡中看見了阿龍。

我嚇一跳回頭，然而實際看到的和室裡沒有人。重看鏡中，裡面已經沒有阿龍的人影了。可是我確實看到了。有個男生坐在牆壁下方看著這裡。應該是短袖短褲。我看到手臂和小腿，甚至明確地看到上面染著青綠色的斑。

那眞的是阿龍的臭味，我心想。還有，阿龍眞的在恨我。我覺得他恨我是當然的。因爲我故意大喊「有螃蟹」……

後來我也一再聞到臭味。腐臭的水味會忽然從背後飄過來。我沒有回頭。我害怕到實在不敢回頭。有時也會在上床以後，在漆黑的房間裡聞到臭味。這種時候，我只能用被子蒙住頭，全身發抖，不停地說「對不起」。

我一直是這樣的狀態。不敢回頭，就這樣上了國中，然後母親病倒了。我天天去醫院探望母親，可是病房裡隨時都有水的臭味，所以我一直覺得會發生不好的事。我爸媽都說我媽很快就會好起來出院了，可是我一直覺得她可能會死掉——事實上，每次動手術，母親的狀況就更差，最後過世了……

一直到我去到鄉下，才擺脫了那臭味。母親過世，我被送去祖父母家，結果奇妙的是，水的臭味消失了。至少再也沒有遇到過附近沒有水，背後卻飄來腐臭水味的情形。

所以我覺得，阿龍是帶走了我媽來代替我。我媽的死，是阿龍的復仇。我想起了在町內待不下去的阿龍的母親瞪我的那神情。我覺得阿龍是爲了替他媽報仇，才帶走了我媽。要是這樣的話，我媽會死，都是我害的。

我眞的很難受。我覺得很抱歉，也覺得受病痛折磨的我媽太可憐了。我很痛苦，我父親也很痛苦。因爲實在太難受了——我覺得阿龍應該也可以氣消了。阿龍已經成功復仇了。我受到了極大的創傷。他一定覺得我活該，我覺得這是我應受的報應。

然而回到家裡讀高中以後，那臭味又回來了。

不管是在家裡、學校還在街上，腥臭的水味時不時就會從背後飄過來。我覺得阿龍就在我背後。阿龍根本沒有原諒我，他完全沒有氣消。

另一方面，我年紀也夠大了，認爲這種想法是不科學的。世上不可能有冤魂。什麼阿龍怨恨我而出來作祟——復仇，這種想法太荒誕了。

因此某一天，我鼓起勇氣看了鏡子。

那天臭味格外濃烈。我提心吊膽地回頭看背後，但沒有人。所以我就像以前那一次一樣，打開和室的紙門，再刻意打開盥洗室的門，接著立下決心抬起頭。

鏡中倒映出我的臉和背後的和室。和室深處的牆壁——下方，沒有任何人。沒有人坐在那裡。

什麼嘛，我心想。果然是心理作用，我嘲笑自己。我就要笑出聲來——這時發現背後有人。

站在鏡中的我的背後，我身體的後方，露出一顆小孩的頭。

它靠近我了。原本應該是坐在走廊那裡的。它就在我背後，鏡中只看得到黑頭髮的頭，和一邊肩膀和手臂的上截。露出短袖的手臂上有青綠色瘀青般的斑點。

——我嚇到驚叫……再次定睛一看，鏡中已經沒有人了。我提心吊膽地回頭，背後也沒有人。可是後來我仍頻繁地嗅到臭水的味道，那味道顯然比小時候更強烈了。

在我小時候，它離我很遠。從洗臉台前面到阿龍坐著的和室牆邊，大概有六公尺的距離。所以比方說我坐在書桌前，然後臭味從後方傳來，阿龍也是在房間外面吧。我覺得因爲這樣，小時候我看到阿龍，就只有在盥洗室的鏡子裡看到那一次。可是上高中以後，他變得更近了。大概只有三公尺的距離。也就是說，阿龍和我在同一個房間裡。

……他眞的在。

比方說，晚上不經意地望向起居間的落地窗，發現窗戶倒映出室內，阿龍就坐在我後面。抱著膝蓋，一動也不動地坐著。臉埋在抱住膝蓋的手臂裡，可是眼睛朝上看著我的方向。

……不是每一次。沒看到的時候更多。可是有時候就是會看到。阿龍根本沒有氣消。

這樣的生活我忍受了三年，去了其他地方念大學。以前我去祖父母家時，母親剛過世，而且阿龍應該也稍微氣消了，所以才沒追到鄉下去。可是高中期間，什麼壞事都沒發生。所以我已經認命，覺得阿龍一定會追到大學來。然而——整個大學時期風平浪靜。或許阿龍沒辦法離開故鄉追到外地。我這麼認爲，極力不回家，也在外地找到工作。雖然對父親過意不去，但父親也說這樣比較好。父親——他一直認爲我單純就是無法忘記那起意外。他好像覺得我留在這裡會想起傷心事，不要回家比較好。他從來沒有叫我回家，也不曾表示寂寞，總是說我在外面過得好就好。

可是父親病倒了——父親說他會找家照護機構搬進去，叫我不要擔心，但我實在沒辦法丟下父親一個人。

……不光是這樣而已。那個時候我開始覺得，死掉的小孩出來作祟，這果然還是不可能的事。要是一天二十四小時都聞到臭水的味道，或許我也不敢嘴硬否認。可是上大學後擺脫了那臭味，就這樣過了好幾年，我開始覺得那些應該全都是心理作用。臭水的味道是罪惡感造成的幻臭，是它害我看到奇怪的幻影——應該只是我錯覺似乎看到了什麼而已。

我是獨當一面、自食其力的大人了。雖然沒辦法忘了阿龍的不幸，但已不再那麼鮮明，也可以從各種角度去分析了。所以我想要爲一直擔心我的父親盡一點孝道，回到了故鄉。

父親眞的對我很好。如今回想，自己的小孩鬧出那種意外，父親一定也感到自責，會覺得自己的兒子闖了大禍。他一定也很在意周圍的眼光。因爲阿龍的母親責怪我們，搞得我們彷彿被害者一樣受到同情，但我覺得父親還是在鄉里間抬不起頭。因爲也不可能所有的人都支持我們。

而且後來兒子似乎一直走不出那場意外，讓他擔心得不得了。兒子完全沒有要振作起來的樣子，讓人操心，這時妻子又病倒了。擔心對抗病魔的妻子、擔心兒子。父親扛著這兩個重擔，卻一次都沒有遷怒於我。

上大學的時候，在外地工作以後，父親也都一直擔心著我，說只要我過得好就好了。病倒的時候，也說不想讓我擔心，說我還要工作，什麼都不告訴我。一直到轉出普通病房以後，父親才通知我說「其實我住院了」。我說我要回去看他，他叫我下次休假再回來。因爲他那樣說，所以我以爲不嚴重，沒想到去探望的時候，父親整個瘦得脫了形，雙腿也留下麻痺的後遺症……他說腳的麻痺好像還要一段時間才會消失，口氣彷彿沒什麼，但明明其實連能不能再自行走路都有問題。他擺出根本沒什麼的態度，而我也完全相信了，因爲他說不需要探病，我就每天打電話傳訊息就心安了。一直等到我父親爲了復健轉院，幫忙照顧他的姑姑通知我，我才知道他其實是什麼狀況。姑姑說我父親差點就沒命了，其實應該已經不能走路，但奇跡似地撐了過來，只要復健，或許還能再行走。

我覺得輪到我來爲父親做點什麼了。覺得自己已經是大人，可以回報父親了。我不是一直沉浸在過去，被幻覺牽著鼻子走的小孩了。

……可是。

……嗯，沒錯。阿龍果然在。

我辭掉工作回家時，父親還在住院。不過已經有出院的眉目了。我去探望父親，回到家裡，才剛坐了一下，就聞到臭水的味道了。

我覺得是因爲家裡長時間沒有人住的關係。唯一住在家裡的我父親已經住院好幾個月了，所以屋子狀況很糟糕。姑姑有時候會來看看，可是沒有充分換氣，屋子裡到處發霉，有股廢屋般的臭味。到處都有老鼠翻咬的痕跡，灰塵遍布，滿滿的蜘蛛網，而且扭開水龍頭，流出來的水還有紅鏽。原本就沒在使用的和室，玻璃窗不知不覺間破了，雨水可能潑了進來，榻榻米上都是水漬，受潮扭曲。我覺得彷彿目睹了這屋子眞的好一段時間沒有人住的證據。

因爲是這種狀況，聞到腥臭的水味時，我也覺得理所當然。雖然覺得有點討厭，但我已經是大人了——覺得我是大人了，所以可以不在乎。我打掃屋子，吃了飯，然後去泡澡，又聞到水的味道。

浴室有水的味道是天經地義的事。尤其家裡荒廢得厲害，浴室發臭也是合情合理。可是從浴缸出來，低頭洗頭髮的時候，我在自己的身體和手臂之間，看見了小孩子的腳。

濕漉漉的地磚上，有濕漉漉的小孩的腳。小腿和赤腳的腳背上，都浮現著淡紫色和青綠色的屍斑。那腳就在我的斜後方。阿龍離我更近了。

眞的就近在身後。幾乎是緊貼在後面的狀態。我頭洗到一半，抬起頭來。眼前有鏡子。老鏡子本來就鏡面斑駁，而且當時整個起霧模糊。我猶豫著，再次窺看自己的背後。眞的有小孩的腳。小孩靜靜地坐在我後方，一動不動。所以我伸出滿是洗髮精泡沫的一隻手，撫摸鏡子的表面。雖然抹去霧氣了，但也只是把泡沫抹上去而已。抹上去的泡沫很快就流過鏡子表面，什麼都看不見了。可是就在那轉瞬之間，我在畫出直線的泡沫間看見我和我的背後了。就在我身後，有一顆黑色的頭。然後小孩小小的手，正準備搭上我的肩膀。從背後伸來的手張開五指，看起來隨時都會碰到我的肩膀。

我大叫回頭。回頭的時候，背後已經沒有人了。那股臭味也消失了。

可是，後來他依然在，一直……都在。阿龍離我太近了，所以就算看陰暗的窗戶，或是站著看鏡子，反而會看不到他。因爲他就坐在我身後。相反地，只要我低頭，或蹲下來撿東西，就會看到腳。濕漉漉浮現屍斑的小孩的腳，就近在我身後。

……阿龍是不是一直待在我家？我覺得我離開以後，他就改爲糾纏我父親了，所以我父親才會病倒。父親倒下時因爲剛好有別人在，立刻被送醫，才能保住一命，可是他原本當時就要送命的。他差點替我死了。所以我覺得我再也不能逃避了。要是我逃走，這次我父親眞的會被他害死。

可是結果我父親還是死了。我終究沒能盡孝報恩。不僅如此，我也懷疑我父親會在家裡跌倒，真的只是不小心嗎？是不是我害的？

……然後，家裡只剩下我一個了。阿龍就待在我的腳邊，正等著我……

遙奈說完之前，隈田都一臉凝重地沉默聆聽。途中有年輕木匠進來過，但也許是察覺氣氛嚴肅，匆匆又離開了。

「隈田先生，你曾經處理過鬧鬼那些事吧……我聽別人提起過。」

隈田交抱手臂搖搖頭。

「不是我，是工作上合作的年輕人……可是他有辦法嗎？他是營繕師，屋子有問題，他可以修理，可是……」

「可以請你跟他提一下也好嗎？或是幫我介紹一下就好。」

「介紹是沒什麼，可是這種事……」

「拜託你。」

遙奈低頭拚命懇求。弘也認定下一個就輪到他了。他那副放棄一切等死的模樣，讓人看了可憐又難過。

好不容易得到隈田的同意，五天後遙奈帶著弘也，在晚間拜訪隈田的事務所。除了隈田以外，曾經在工地現場見過幾次的年輕男子一臉困惑地等著他們。

「拜託了。」遙奈低頭行禮，自稱尾端的男子表情更加不知所措了。

「我聽隈田先生說明情況了……但我覺得我愛莫能助。雖然我非常想幫忙……」

「就沒有什麼方法嗎？你有沒有認識的人可以幫上忙？」

遙奈不肯死心，弘也委婉地制止她。

「別這樣強人所難，對人家不好意思。這是沒辦法的事。」

「可是……」

「對不起。」尾端行禮，「不過……有件事我有點在意，方便請教一下末武先生嗎？」

「請說。」弘也看著尾端。

「你開始問到臭味，是意外發生後隔年的夏天嗎？」

「是的。」

「之前都沒有聞到過嗎？連一次都沒有？」

弘也歪起頭來，似在回想。

「……應該沒有。雖然也有可能只是我沒有發現。」

「有時候排水孔什麼的會散發臭味，跟那種味道不一樣嗎？」

「不一樣。臭味本身就不一樣，而且聞到的狀況也不同。我不太會說明，那味道比排水孔的臭味更腥。與其說是水的腐臭味，更像是……水和腐爛的東西的臭味。而且，排水孔那些的臭味會習慣，嗅覺會麻痺，漸漸不覺得臭。和那種臭不一樣，是突然一陣臭味撲鼻，然後一下子消失。所以我從來不會疑惑是哪一種臭味，馬上就知道了。」

「這樣的話，如果在那個夏天以前也有臭味的話，應該會發現呢……」

「應該是。」

「這怎麼了嗎？」隈田問尾端。

「哦，也不是說具體上怎麼樣，只是中間有一年的時差，讓我有點想不通。如果原因是溺水過世的孩子，爲什麼一年以後才發生怪事？」

「或許是因爲原本距離很遠。」弘也答道，「因爲他愈來愈近了。」

「說的也是。」尾端自言自語，「你去鄉下的期間，和去外地念大學工作的期間……這段期間完全沒有臭味嗎？」

「就我印象中沒有。」

「那回家的時候呢？返鄉回家的時候，曾經聞過嗎？」

「因為我幾乎都沒回家……」

說完後，弘也微微歪頭。

「待在鄉下的時候，我從來不想回家，父親也沒叫我回家。盂蘭盆節和過年、連假的時候，都是父親來找我——因為那裡是我父親的老家。當時我還小，沒辦法一個人回家，所以期間從來沒有回家過。一直到考高中前才回去，記得只住了一個晚上。那時候沒有聞到臭味。」

「聞到臭味的頻率高不高？」

「有時候會連續聞到，或是一天聞到好幾次，但也有一陣子都沒味道的情形，但應該從來沒有超過一個月那麼久。」

雖然曾經間隔很久，讓人不禁期待噩夢是否已經結束了，但從來沒有久到讓人放下心中大石，篤定「終於結束了」。

「上大學以後呢？」

「我很少回家。雖然也不是完全不回家，不過都是回去鄉下的祖父母家。因為主要都是盂蘭盆節和過年。大學的時候，我祖父過世，出社會以後，祖母過世，後來每年盂蘭盆節和過年，我都和父親去旅行。我覺得父親是替我設想，讓我不用回家。大學的時候，我偶爾還是會回家，但頂多只住一個晚上，那幾次應該都沒有聞到臭味。出社會以後，除了盂蘭盆節和過年以外，就沒空回家了——」

聽到弘也的回答，尾端沉思起來。

「這怎麼了嗎？」

遙奈問。就算只有一點點——如果有什麼線索的話。

「總覺得……聽末武先生的說明，異象似乎是固定在府上周邊。是像末武先生說的，沒辦法離開這個地方嗎？」

尾端說完後，又問：

「在住家以外也會聞到臭味，對吧？和在家裡有什麼不同嗎？」

弘也尋思片刻。

「沒有特別不一樣的地方。不過回想起來，在外面聞到的頻率好像很低。」

說完後，他又說：

「對……雖然哪裡都會聞到臭味，卻從來沒有在家以外的地方看到過人影。」

尾端蹙起眉頭地自言自語：

「難道——是固定在住家嗎？」接著他問，「旅行的地方呢？高中的時候……像畢業旅行的時候呢？」

弘也驚覺似地說道：

「這麼說來——沒有。現在也一樣，去外地出差的時候，從來不會聞到臭味。」

尾端點點頭。

「方便到府上看一下嗎？」

遙奈時隔許久地站在弘也家前面。這是一棟平凡無奇的老透天厝。討論翻修工程時三天兩頭就過來，但自從計畫作廢以後，就很少再來了。兩人幾乎都是在外面或遙奈的租屋處見面。弘也似乎很不願意待在家裡。因爲還沒來得及翻修，父親就過世，讓他十分難過。

尾端仰望建築物，然後看了看屋子左右。一邊是小而整潔的寺院，另一邊是屋齡約十年的公寓。

「這座寺院，是你兒時朋友的家嗎？」尾端仰望本堂的大屋頂問。

「不是，是這邊。」

弘也指著公寓說：

「笹井家本來是一棟大房子。現在想想，應該是繼承問題的關係吧，阿笹的祖父過世以後，他們家就把面那邊馬路的土地賣掉了。那裡本來是一座很棒的庭院，有假山和池塘。」

弘也說，建築物也是歷史悠久的豪宅。靠弘也家的一側是後院，本來好像有座小竹林。但是約十年前，笹井家把主屋所在的土地賣掉，鏟平後院，蓋了公寓。笹井一家人住在公寓的一樓。

「請進。」弘也請隈田和尾端進入屋內。

老舊的屋內悄然無聲。遙奈的感想是一片陰冷。爲了討論翻修事宜而時常來訪那時候，弘也的父親還在世。他雖然行動不便，但性情沉穩，爲人溫暖富包容力。

進玄關的時候，摸到進入高一層的室內的扶手，遙奈一陣難過。弘也爲了父親，在屋內各處安裝了扶手，但進屋處的扶手已經搖搖欲墜了。因爲裝設的壁板不夠牢固，螺絲咬不緊。發現這件事的遙奈，下次來的時候重新裝上了木板。進現在的公司以後，她在跑現場的過程中，耳濡目染地學會一些竅門，現在已經頗擅長一些木工了。抓住重新安裝牢固的扶手，弘也的父親非常開心。想起他稱讚自己很厲害，遙奈一陣心酸——就像這樣，會觸景生情，所以待在家裡讓弘也很痛苦吧。遙這麼想，望向弘也，發現他站在脫鞋處，表情緊繃。

「……現在有臭味。」

他壓低了聲音說。遙奈立刻看向他的背後。隔著狹小的脫鞋處，背後嵌花紋玻璃的玄關門關著。她將視線移向弘也的腳邊——後方玻璃門外的玄關門廊——但什麼都沒看見。弘也的腳下只有被白熾燈照亮而形成的淡影盤踞而已。也沒有臭味。雖然有老屋的味道，但感覺不到水的氣味。

在遙奈、隈田和尾端默默守望中，弘也膽戰心驚地低下頭去。他在看自己的腳下和後方。

「……有嗎？」

隈田聲音緊張地問。

「沒有……現在沒看到。」

弘也的臉都嚇白了。全身散發出強烈的緊張和不安。原來他一直獨自承受著這樣的恐懼——一想到這裡，遙奈感到心痛極了。

「請讓我看一下和室和盥洗室。」

尾端說，弘也這才解脫束縛似地動了起來。他跨進走廊，領頭帶路。

「就是這裡。」打開紙門，裡面是散發霉臭味的和室。有壁龕和壁櫥，八張榻榻米大。靠笹井家的那一側有落地窗，外面擺了長板凳，但長年無人使用，遙奈之前來這裡的時候，長板凳就已經腐朽了。尾端進入房間，環顧堆滿物品的周圍。

「現在是當成儲藏室嗎？」

「對。餐廳隔壁有六張榻榻米大的和室，那裡是起居間，後來我父親出院回來，把電動床搬進那裡，當成父親的臥室。只留下佛壇和必要的物品，其他東西都搬來這裡了。」

尾端點點頭，踩了踩榻榻米。

「下陷了呢。」

「是木板腐朽了。」遙奈代弘也回答，「大引（註）沒事，但根太有個地方斷裂，木板裂開了。」

「大引沒事？束材呢？」

尾端顯得訝異。

「束材也沒問題。」

遙奈應答。弘也的父親住院期間，窗戶好像破了。幾棵竹子從屋旁倒進屋內，應該是颱風的時候倒下砸破窗戶吧。據說雨水打了進來，榻榻米整個起伏變形了，但遙奈看到的時候，玻璃已經裝回去，榻榻米雖然有點扭曲，但也已經乾了。不過踩下去有些地方會沉陷，所以現場負責人曾經把榻榻米掀開來檢查。鋪在榻榻米底下的木板有兩片裂開了。拆開裂開的木板一看，支撐木板的木條狀根太有一根斷掉了。支撐根太的是叫大引的粗木材，從地面托住大引的則是束材。既然根太斷裂，一般應該是大引或束材遭到白蟻侵蝕而受損，然而奇妙的是，大引和束材都完好無事。

「那還眞是奇怪。」

「負責人那時候也覺得納悶。」

遙奈想起負責人詢問是否曾將地板掀開來過，弘也和父親的回答當然是否定的。

「木板腐爛了嗎？」

「不，沒有腐爛的感覺。雖然也許是因爲雨潑進來，殘留著一些水漬，但沒有腐爛的地方。」

遙奈想起負責人說「可是有硬拆開來的痕跡」。

「是哪裡？」

「這裡。」遙奈指示。現在踩下去一樣會下沉。這個房間無人使用，而且當時想到

註：日式建築的地板鋪設工法，地面設「束石」，束石上設短柱狀「束材」，束材架上類似龍骨的木條「大引」，大引上再鋪設與大引垂直的木條「根太」，最上面才鋪設木地板。

屋子馬上就要翻修了，所以沒有特別處理。遙奈本來想說「要不要看一下」，但那個地方的榻榻米上堆滿東西。感覺得費一番工夫挪開物品，才能掀開榻榻米，所以又把話吞了回去。

尾端直盯著腳下，彷彿要透視榻榻米下方。遙奈訝異地看著，只見尾端忽然抬頭，走向落地窗，從窗戶窺看戶外。

隔著狹窄的庭院，可以看見隔壁的公寓。據說以前那裡有籬笆，但現在早已形影全無。取而代之的是單調的磚牆，似乎是隔壁興建公寓時蓋的圍牆。圍牆上可以看見公寓的陽台。

「有不少空房呢。」

遙奈再次看向公寓。二樓有六戶並排，但只有一道窗戶亮著燈。她本想或許是其他房客都還沒有回來，但仔細一看，只有兩道窗戶掛著窗簾，一間亮著燈，一間暗著燈。好像有四戶是空房。

「笹井家住在一樓……不過聽說笹井夫妻人有點古怪。」

弘也小聲說。

「所以房客才住不久的樣子。」

「是你小時候的朋友的父母？」

「是的。他們從以前就有點古怪。」

笹井過世的祖父，是在當地也受人倚重的人物，也擔任過町內會會長等職務。弘也對他的印象是雖然很凶，也很頑固，不過卻也是位急公好義的老爺爺。

「笹井家好像頗有歷史。聽說以前是富豪之家。」

「你那位兒時朋友，是不是說搬去外婆家那裡？」

「啊，是的。他外婆家在北陸——總之是那一帶，好像搬去那裡了。」

弘也說道，接著有些苦笑地說：

「我也不是很清楚。那時候我們幾乎已經沒有往來了。阿笹個性內向，而且也不喜歡在外面玩。我也不會特地去找他玩。我想他爸媽也是原因之一。怎麼說才好……他爸媽感覺滿差的。所以不只是我，我們同學還有附近的小孩，都有些避著阿笹的家。」

「是有暴力傾向還是怎麼樣嗎？」

「不，沒有暴力傾向——啊，丈夫一喝醉就會糾纏不休，有時好像會因此惹出事來，不過基本上他們算是安分的。」

不過父親不只是酒品差，還有許多欠缺常識的言行舉止。妻子也是街坊出了名的沒常識，完全不輸丈夫。雖然弘也當時還小，但依然對他們的言行舉止感到奇異吧。

「像是開車撞到停在路邊的自行車也不道歉、任意闖進別人家庭院摘柿子。而且向人借錢還不出來，居然跑去向鄰居借錢。」

就算找到工作也做不久，又喜歡賭博，因此總是爲錢發愁的樣子。

「因爲有公寓，照理說應該有固定收入，可是我聽說他們居然會向房客借錢，搞得房客很爲難。」

遙奈目瞪口呆。房東這副德行，也難怪會有一堆空房。如果租不出去，就算有公寓，收入也會減少。結果愈來愈缺錢——是不是這樣的惡性循環？

「我也聽說過阿笹的祖父還在的時候，替他們扛了不少債。雖然他們說房子很大，賣掉就好了，但祖父反對。所以祖父一過世，他們立刻就把另一邊的土地賣掉了。人家好像都說，他們父親地下有知，一定會死不瞑目。」

尾端表情凝重地聽著。

「其他還有像是不遵守倒垃圾的規定、町內會費遲繳、收到社區聯絡板也不傳給下一戶。輪到他們值日，也不好好做。如果不想做，退出町內會就好了，可是又不退出。」

雖然都是些細故，但與鄰居街坊糾紛不斷，是這一帶的頭痛人物。

「還有——從這裡再過去一點，就是河邊的堤防，他們好幾次被人目擊在那裡非法丟棄大型垃圾，每一次都鬧出問題。」

說完後，弘也忽然苦笑道：

「我父親曾經爲這件事生氣過。他下班深夜回家，經過堤防，看見笹井夫妻想要把大行李箱丟在那裡。父親很少動怒，但那一次忍不住大聲吼人，結果他們慌忙把行李箱拿回車上離開了。」

尾端抬頭問：

「那是什麼時候的事？」

「我記得——應該是夏天。剛好是阿笹的祖父過世前後——好像是之後？對，阿笹的祖父剛死不久。那時候我正頹喪到了極點。」

「我明白了。」

尾端用力地點了點頭，說：

「請幫我一下。我要把榻榻米掀起來。」

這唐突的發展，讓遙奈呆住了，弘也也一臉錯愕。

「麻煩把東西移開。我去拿工具。」

一群人不解其意，面面相覷，尾端折回車子，取來螺絲起子、手電筒和鐵鍬。他看到遙奈等人還傻在原地，便率先搬開物品。隈田慌了似地接著行動，遙奈和弘也對望之後，也跟著幫忙。很快地把東西搬到走廊後，尾端用起子插進邊緣，撬起榻榻米。防蟲墊底下出現裂開的木板。不需要工具就可以拆除。拆掉兩片木板後，底下出現折斷的根太和乾燥的地面。因爲是老房子了，不是鋼筋水泥地基，也沒有鋪防潮布。

尾端跳下地面，將打開的手電筒放在開口處邊緣，拿起鐵鍬。看到尾端的行動，遙奈感到背脊竄過一陣冷顫。

尾端環顧地板底下，不是在開口部正下方，而是在稍微偏離的位置——開口邊緣的地板下方處插進鐵鍬。

聽到「嚓」的一聲，腳開始發抖。現在遙奈已經依稀明白尾端要做什麼了。也明白這意味著什麼。難道……沿著背脊下竄的寒顫，隨著尾端一下又一下插入鐵鍬，化成細微的顫抖從腳尖爬上膝蓋、腰部。不知不覺間，遙奈緊緊抓住弘也，全身發抖。

也許是預感使然，她聞到水的臭味。濃重腥臭的水味……一定是心理作用，可是她強烈地感覺那臭味正從她抓住的弘也和自己身後——腳邊，慢慢地升了起來。

尾端很快就停下鐵鍬了。他拿起手電筒，指向剛挖出來的洞。裡面露出一個四四方方的黑色物體。

尾端仰望弘也道：

「末武先生——令尊看到的行李箱，我想就是這一個。」

夜晚的住宅區一片鬧哄哄。遙奈抓著隈田的外套，坐在隈田的廂型車後車座。弘也家內部被強烈的燈光打亮，白亮的光線射出窗外。聚集的警車，警示燈旋轉著綻放紅光，明滅著將周圍染上不安的色彩。

不知爲何，遙奈直到前一刻都淚流不止。隈田輕柔地拍打她的背，她才漸漸平靜下來了。

「……對不起。明明沒什麼好哭的……我未免太奇怪了。」

「不會。」隈田回應的聲音很溫暖。

「把隈田先生捲進可怕的事裡頭了，對不起。」

「妳也一樣是無妄之災啊。大家都是被無端牽扯的，我們是同伴。」

打開行李箱的是尾端和隈田。兩人立刻說「快點報警」，遙奈當場腿軟了。膝蓋抖到站不住。

「……謝謝你。」

「我什麼都沒做啊。」

兩人正說著話，尾端和弘也從屋子裡出來了。他們回到依警方指示從屋前停車處開到路邊停放的廂型車那裡。

「還好嗎……？」

遙奈第一個問弘也，弘也點點頭說「嗯」。

「我依照隈田先生的說法，告訴警方說因爲地板凹陷，請人來看，結果就發現了——警方暫時是聽信了。」

「是嗎？」遙奈鬆了一口氣。她原本擔心，如果說什麼背後傳來水的味道，反而會引起警方的疑心。而且是在弘也家的地板底下找到的，即使警方懷疑弘也或他過世的父親，也是順理成章。

「裡面的到底是……」

「我覺得是阿笹。」弘也說，望向尾端，後者點點頭。

「似乎是小孩子，應該錯不了。」

他們說遺體幾乎化成白骨了，而且損傷嚴重。警方問弘也知不知道死者身分，他便說出小時候住隔壁的同學笹井搬走的事。說鄰家父母聲稱送去鄉下了，但此後就再也沒有消息……

「尾端先生，」弘也轉向尾端，「原來我看到的不是阿龍，而是阿笹嗎？」

「應該是。」

尾端這麼說，然後解釋道：

「溺水意外發生後，隔了一年的時差，才開始出現臭味……這果然說不過去。」

而且只要弘也離開此地，臭味就會消失。比起外面，出現在家中的頻率更高——尾端說考慮到這些，他覺得原因應該出在弘也家附近。

「兇手……果然是……」

「應該是笹井夫妻埋的吧。我想他們原本想要棄屍，總不可能直接丟在堤防或河灘上，所以或許本來打算丟進河底。」

「沒想到被我父親撞見，只好急忙帶回家……」

「應該是。如果只是要丟空行李箱，沒必要開車運載。當時是深夜，又是可以徒步到達的範圍，所以裡面應該放了某些重物。」

「那是那一年——溺水意外一年後。」

「剛好是你兒時朋友被送去外婆家那時候。也是他祖父剛過世的時候。」

「可是，怎麼會埋在我家？」

尾端尋思地微微歪頭，聲明「這只是我的猜想」，接著說：

「我不知道那孩子怎麼會過世。不過必定有某些隱情，否則沒必要把屍體藏起來，或是謊稱是送去鄉下。不管是意外還是別的原因，兇手應該都有心虛之處。」

他們不知道該如何處理屍體，想要丟進河裡。所以裝進行李箱搬運，卻不巧被人目擊。

「他們慌忙把行李箱帶回家，應該暫時就埋在庭院裡了。然後對外宣稱小孩送去鄉下了。」

「笹田夫妻本來就因爲不會做人，受到孤立，所以這說詞才行得通吧。」隈田感慨良多地說。

「是啊。只是……似乎無法完全瞞過。剛才警方說，經他們詢問，在兒童諮詢所的層級，笹井家的小孩沒有去上學一事，在當時引發了問題。因爲沒有辦轉學，也不知道下落。但當時兒童諮詢所還沒有深入調查的權限，也無法和警方合作。」

如果父母說送去其他府縣的鄉下地方，後來就沒有聯絡，不清楚小孩狀況，就難以更進一步追查了。

「因爲不知道該如何處理，所以暫時埋在庭院裡，但後來笹井家決定賣掉部分土地。如果動工蓋房子，或許會發現連同行李箱一起埋在院子的屍體——所以他們把行李箱挖出來，這次改爲埋在後院裡。」

遙奈赫然驚覺，那大概是弘也搬去鄉下住的那段時候。從鄉下回來一看，弘也和背後的小孩的距離縮短了，是不是就是這個緣故？——因爲兩人實際上的距離眞的縮短了。

「可是後來笹岡家決定把住家也賣掉，在後院蓋公寓。必須把埋在後院的屍體換個地方藏才行。剛好那時候，末武先生的父親住院，家中無人。落地窗破了，也沒有修理的樣子。只要趁這個機會埋到地板下，因爲是別人家，就算東窗事發，也可以裝作事不關己。兩度被迫換地方藏，他們也覺得很吃不消吧。應該是認爲只要埋到別人家，就可以永遠撇清關係了。」

「……太過分了。」

遙奈喃喃說道。那可不是不要的行李箱，而是親骨肉的屍體。

尾端點頭同意。

「他們溜進末武家，掀開榻榻米，粗暴拆下木板地，埋下行李箱。在挖洞的時候，因爲礙手礙腳，所以把根太折斷了吧。大引完好無缺，卻只有根太折斷，木板裂開，只能推測是有人爲了侵入地板底下而刻意這麼做。」

那孩子就在弘也的腳邊——如同字面形容，就在腳邊。

「可是，爲什麼他會出現在弘也面前？」

「應該是希望末武先生找到他吧？」

尾端露出複雜的笑容。

「他們是町內唯一三個同學，不是嗎？而且他們家有些受到排擠，他應該是個朋友不多的小孩吧？而從小認識的末武先生，就是他爲數不多的朋友之一。」

弘也點點頭。

「如果那是阿笹的話……或許是吧。」

「或許發生了某些類似同步的狀況。末武先生說他看到的腳是濕的，或許他是死於和水有關的意外。若是這樣的話，笹井夫妻一開始會想要把他丟進河裡，可能也是受到末武先生遇到的溺水意外的影響。同一個町內的同學溺死在河裡——既然如此，布置成這孩子也是溺死好了——就像這樣。」

遙奈點點頭，腦中卻出現更可怕的想像。也就是受到溺水意外影響的笹井夫妻，從一開始就是抱著這樣的念頭，故意溺死兒子的可能性……

「真的……太殘忍了。」遙奈自言自語。真相究竟如何，接下來應該就會揭曉吧。剛才她看到幾名警察前往笹井家。

「如果他是爲了希望被人找到而出現的話……往後應該不會再出現了吧……」

遙奈自言自語地說道，結果弘也本人「嗯」地點點頭說：

「他說『謝謝』。」

「咦！」遙奈驚呼，不只是她，隈田甚至是尾端都轉頭看弘也。弘也哀傷地微笑說：

「剛才在等警察的時候，我站在洞口旁邊……結果又聞到那臭味了。低頭一看，我看到小孩的腳。之前都是坐著，但那時候是好好地站著。」

弘也說，接著他聽到聲音。那聲音說「謝謝」。

「我說，對不起，一直都沒有發現你，雖然沒有回應，可是那雙腳……轉向後面走掉了……」

這樣啊，遙奈想，握住弘也的手。

「……我沒能救阿龍，也沒能救到阿笹……可是……」

弘也沒有再說下去。遙奈使勁握住他的手，點點頭說：

「……雖然晚了一點，可是終於找到他了，太好了。」

「嗯。」

弘也應聲回握的手溫暖極了。

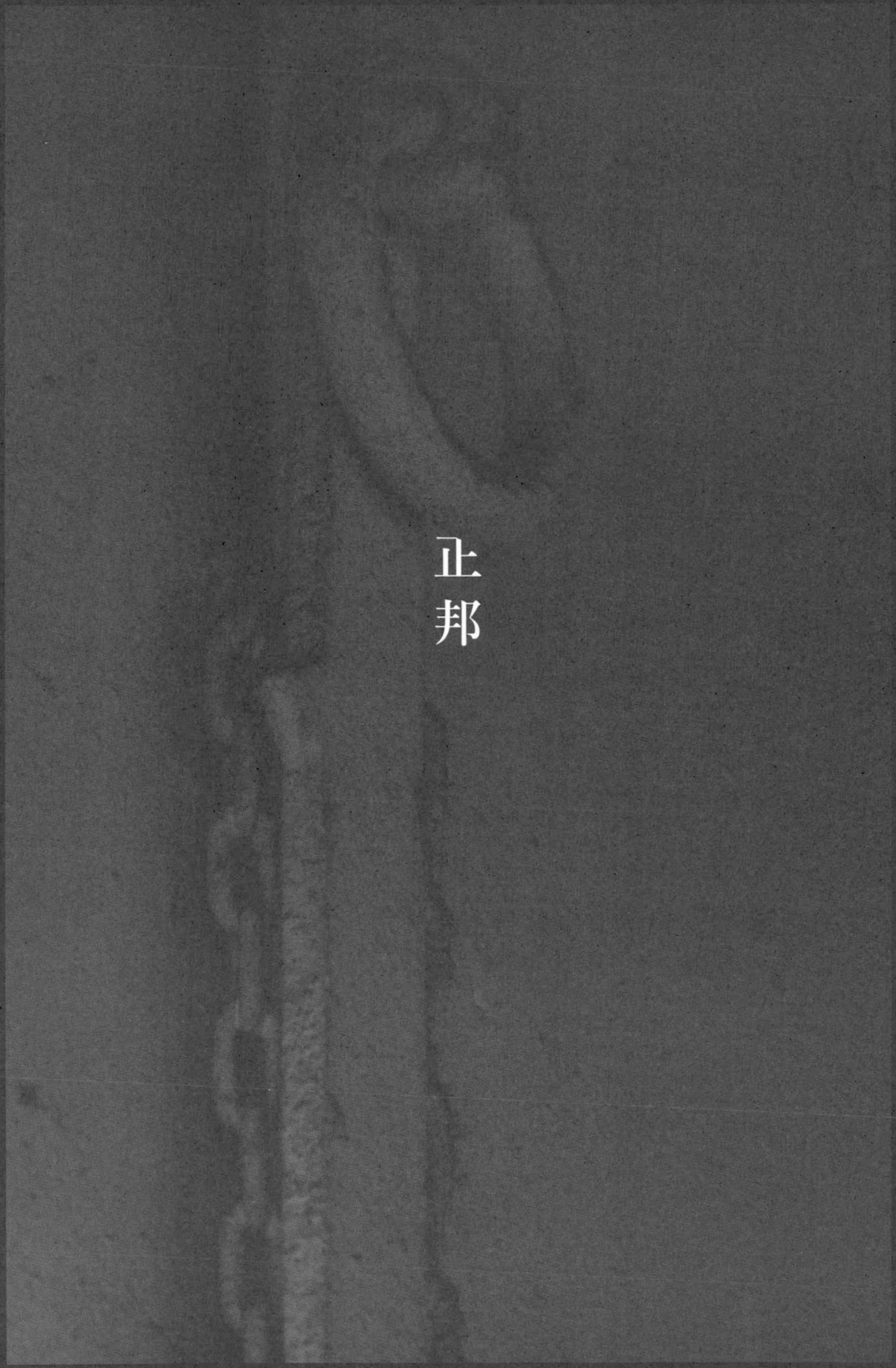

止邦

搬到祖母家過了一個月的時候，樹發現了**它**。

分配給他當房間的六疊和室的壁櫥上層。

樹一開始會鑽進壁櫥裡，是因爲覺得把那裡當成床鋪，一定會很安心。並非像父母誤會的那樣，是想玩「祕密基地遊戲」。這年春天，樹已經升六年級了，不是會把壁櫥當成祕密基地，樂在其中的年紀了。樹的動機更爲迫切。因爲祖母家和搬來之前住的公寓不一樣，房間沒有牢固的牆壁和門。

在父親的故鄉一個人獨居的祖母，去年年底跌倒骨折了。是絆到屋子裡的一點高低差而跌倒，但因爲上了年紀，骨頭似乎變得相當脆弱，造成了腰骨骨折的重傷。祖母必須住院動手術。動完手術後，也需要復健一段時間。就算花時間復健，以後走路好像也必須依靠拐杖。所以父親這年春天決定換工作回故鄉。

樹本身對搬家並不感到抗拒。樹喜歡祖母，也很中意父親故鄉的古老城下町。「小樹和朋友分開，一定會很寂寞。」母親再三強調，「小樹太可憐了」，但反正升上六年級後，每個人都在準備中學考試，不會有空再一起玩了。考試結束後，就要各分東西，進入考上的中學。只是早一年或晚一年的差別而已，樹完全無所謂。不過有一個問題，房子太老了。

祖父過世後，祖母一個人獨居的房屋十分古老。最近常有媒體報導介紹標榜「古民宅」的古色古香的老房子，但不是那種時髦的玩意，只是古早年代興建的房子增建或改建，東拼西湊，最後成了純粹老舊陰暗又不方便的住家而已。

也沒有像樣的房間。樹被分到的和室三邊幾乎都是室內紙門，一邊是對外拉門。有一面紙門是壁櫥，剩餘的兩面通往隔壁房間，對外拉門則是連接後院的緣廊。緣廊和壁櫥也就罷了，用紙門這種不牢靠的隔板與隔壁房間相連，實在沒有私人房間的感覺。而且一邊是起居間，另一邊是父母的房間。明明是自己的房間，卻覺得毫無隱私，很不自在。

——實際上，樹心想，不管是看漫畫還是玩電動，馬上就會被母親察覺。就算被察覺也沒關係，但母親會不高興。以前還沒那麼囉唆，但自從搬家以後，母親就成天嘮叨著鄉下沒有私立中學也沒有好的補習班，會落後都市小孩許多，所以你要比以前更努力用功好幾倍才行。

其實母親應該不想搬家吧。母親從來沒有在樹的前面明說「我不想搬家」，但樹也看得出來，母親並非欣然接受這次的搬家。不管是離開住慣的街區，和熟悉的人分開，還是父親換工作，所有一切她都不願意。應該是這個緣故，搬家以後，母親就慢性地情緒不佳，和父親口角不斷。這讓樹難以忍受。

他不想聽父母幾近吵架的你來我往，也討厭母親含沙射影地嘲諷，繞著圈子責怪父親。她連住院的祖母都要責怪。去探病的時候什麼都不說，可是在家卻牢騷不平，「奶奶實在是……」屋子很髒、雜物太多、老頑固。每次聽到母親說祖母的壞話，樹就覺得嘴巴裡好像被塞進苦苦的東西，怎麼也甩不掉不舒服的餘味。

——好想一個人獨處。

一下子就好了，想要關在什麼都聽不到的地方，屋子裡卻沒有這樣的空間。

被母親挖苦父親的聲音吵醒，樹嘆了一口氣爬起來，折起鋪在榻榻米上的鋪蓋要收進壁櫥裡，忽然靈機一動。

——何不睡在壁櫥裡？

沒有西式床鋪，在和室鋪被蓋睡覺的生活很不方便。尤其是現在。要是稍微晚一點去吃早飯，母親就會不高興。要趕上早飯開動時間，就得立刻起床換衣服，同時還得將被褥折好收進壁櫥裡。如果墊被可以直接鋪在壁櫥上層不收，就像閣樓床鋪一樣，早上整理起來也比較快。而且關上紙門後，感覺就像單人房一樣。連自己都覺得這主意太棒了。他怯怯地向父母提議，父親笑說「很像祕密基地呢」，還說他小時候也很嚮往這樣的基地。母親傻眼地說「男生就喜歡搞這些」，但也難得笑了，因此樹自己把延長線拉進壁櫥裡，將上層布置成自己的床鋪。

關上房間紙門，再鑽進壁櫥裡，就聽不到起居間的聲音了。在只有一盞檯燈的狹小空間裡，樹總算得以喘息。獲得能夠安心的巢穴，總算熟悉新生活的時候，他不經意地往上看，在天花板發現了隙縫。

壁櫥的牆壁和天花板之間，天花板稍微浮起，開了一條小縫。樹感到好奇，半彎著腰站起來。他想窺看隙縫，結果頭頂到天花板，板子活動了。天花板似乎有一半沒有確實固定。樹一手扶著天花板站起來，脖子以上探出板子上方了。那裡是一片寬闊的空間。

牆壁從兩邊斜斜地往上，在頂部會合，上方有木材縱橫交錯。有光透進這片陰暗的大空間裡，幽幽射入的光束中，塵埃閃閃發亮。

——原來天花板上面是這樣啊。

初次看到的情景，有股莊嚴感。

是可以一鼓作氣爬上天花板，可是周圍布滿灰塵，而且萬一踩破天花板就不得了了。如果把衣服弄髒，又會惹得母親不高興。

樹正猶豫不決之際，看見正上方的粗圓木以鉸鏈固定著一塊木頭。把天花板的板子大大推開，木塊便被板子推動，倒向另一側。而板子通過之後，木塊又倒了回來。如此一來，即使從板子放手，板子也會被木塊頂住，不會完全蓋起來。

——原來是設計成可以上去嗎？

樹驚奇地想，張望了一下大大敞開的開口周圍，發現一個像小梯子的東西。拂去灰塵放下來一看，梯子的長度剛好符合壁櫥的上層，可以用來爬上天花板裡面。

都安排得這麼妥當了，他實在無法忽視。幸好父母現在都不在。父親去上班，母親出門採買。樹離開壁櫃，找到手電筒和抹布，回到房間。把梯子擦乾淨，光腳爬上去。用手電筒的燈往天花板裡面一照，他大吃一驚。裡面鋪有地板。

祖母家很舊了，所以天花板也有許多地方撓彎。樹房間的天花板也是如此，從撓彎露出的隙縫間，可以看出天花板是用膠合板之類的薄板釘成的，實在不可能承受得住人在上面行走的重量——然而天花板上面卻鋪滿了厚板。厚板釘在各處的橫木上，形成堅固的地板。

有地板的地方，剛好是樹的房間上方一帶嗎？面積相當大，邊緣用矮架子區隔。樹一面用抹布拂去灰塵，一面前進，發現大概相當於緣廊上方的位置，有光線透出來。用手電筒一照，一塊約筆記本大小的木板用鉸鏈固定著。往上掀起，露出一個四方形的洞穴。

「……哇……」

樹忍不住讚嘆出聲。祖母家的外牆是木板牆，這個洞似乎挖通了那面外牆。掀板外側貼著外牆的板子，因此從屋外看過來，應該看不出玄機。

——大概是採光窗。

這一點是看得出來，可是……

「……這裡是什麼地方？」

窗板上還附了根頂棍。只要打開，即使沒有手電筒，光線也足以在天花板上活動，坐在窗邊的話，也可以看書。不管怎麼想，都是有人刻意打造的閣樓。

「好厲害。」

從父母的反應來看——他們應該不知道有這個閣樓吧。如果知道，當樹要求睡在壁櫥的時候，絕對會提出來才對。而且從堆積的灰塵來看，顯然長期無人使用。如果不是父親，那會是叔叔做的嗎？

——這是不折不扣的祕密基地吧？

和關上壁櫥的門，幻想是祕密基地天差地遠。是沒有人知道，只屬於自己的空間。

樹關上窗戶。

得把這裡打掃乾淨，打理得舒舒服服才行。

——還有，絕對不能被父母發現。

樹花了一星期才把閣樓打掃乾淨。幸好遇上連假，有大把時間可以盡情運用，但必須瞞著父母才行。因爲得拿著掃把和水桶來來回回，得趁兩人都不在的時候進行。

——上來這裡，也只能挑沒有人的時候。

尤其是母親如果在家，隨時都有可能闖進房間。如果因爲母親進房間而慌忙跳下壁櫥，絕對會被抓包。

絕對要保密到家——樹在打掃期間立下決心。雖然掃去灰塵，仔細地用濕布抹過，但母親一定只會嫌這個地方「髒死了」。實際上，鋪了地板的地方雖然擦乾淨了，但其他地方仍然布滿灰塵，空氣不太好。地板也有許多大小污漬，不管擦拭多少遍，下去的時候腳底還是黑的。

閣樓是寬闊的天花板上方宛如浮島的空間。一邊和對邊的三分之一是牆壁，其餘的地方以架子隔開。架子只是在柱子之間架上木板而成，十分簡陋，但後方附有背板，避免架上的物品掉落，而且各處也都設有簡單的抽屜。抽屜裡收著老瓶子和顏料、長滿霉菌的布料等等。架上則放著裝有零碎物品的罐子和老模型。大半是船隻，有幾架飛機和戰車。

「是叔叔嗎？」

樹內心暗笑。叔叔是在大學任教的學者，沉默寡言，總是臭著一張臉，脾氣暴躁。樹不喜歡他，可是一想到他費了一番辛苦打造出這個閣樓，頓時感到親近許多。他一定瞞著所有的人，花了非常多的時間打造。

既然如此，把留在這裡的東西丟掉，感覺也過意不去，樹將它們拂去灰塵後，全部裝進紙箱裡。幸好因爲剛搬完家不久，家裡有用不完的紙箱。他拿了兩個紙箱上去，一個半就裝完了。即使擺上兩個紙箱，閣樓剩下的空間仍足夠讓樹滾來滾去。

——但遺憾的是，這裡待起來並不怎麼舒服。地面雖然鋪了木板，但撓彎不平，雖然有窗戶，但實在太小，基本上陰陰暗暗。空氣灰濛濛的，如果戶外豔陽高照，就悶熱無比。夏天的話，這裡實在待不住吧。

起初閣樓裡的景物讓人稀罕，但也很快就習慣了。一旦習慣，三邊形同只是一片黑暗。雖然不到完全漆黑，但天花板上意外地有許多障礙物。有窗的那面牆，右邊殘留著部分舊牆壁，內側是半吊子地收尾、載著瓦片的屋頂。它的對面，擋在閣樓稍前方的牆壁，是二樓的牆壁嗎？

祖母家有二樓，不過只有兩個房間。只是因爲漏水等問題，已經長年無人使用。剛搬來的時候，他踩著吱呀作響的階梯上樓去，期待能當成自己的房間，但房間裡堆滿雜物，滿是灰塵，而且霉味刺鼻，讓他打了退堂鼓。榻榻米地板有幾個地方踩下去就會下陷。

每個角落都很破舊。面積大是大，但切割得零零碎碎，住起來很不方便，而且雜物很多，實際能住的房間沒有幾間。只有兼佛堂的大和室比較寬敞，東西也少，但那裡好像不是可以睡覺的地方。就算父母同意，樹也不想睡在那裡。那似乎是祖父蓋的引以爲傲的大和室，但掛了許多古老的遺照，每張臉都嚴肅可怕，惹人發毛。佛堂隔壁的十疊和室沒有佛壇也沒有遺照，但連著緣廊就是浴室，去洗澡的時候一定會經過，他才不想住在通道上。

——奶奶回來這種地方生活，眞的沒問題嗎？

醫生好像說，不管恢復得再怎麼好，都需要拐杖輔助。屋子裡到處高低不平。因爲增建和改建的部分，地板的高度微妙地不同。滿是紙門和拉門的屋子，也有許多門檻，微微高出地面，祖母就是被高出來的部分絆到跌倒受了重傷。在這種地方，有辦法撐拐杖生活嗎？樹十分擔心。他問父親，「房子不改建一下嗎？」但父親的回答卻很莫名其妙，「爸爸才剛換工作嘛。」母親也說，「不就是因爲不方便而且危險，我們才搬回來一起住嗎？」但樹覺得就算他們住在這裡，祖母的生活也不會就因此變得方便安全。

樹躺在閣樓裡，漫不經心地想著這些。就在這時，遠遠地傳來母親招呼「我回來了」的聲音。

樹慌忙起身。從玄關到起居間有段距離，但不足以讓他悠哉地爬下去。打開手電筒，關上小窗，躡手躡腳走到洞口。踩上梯子，把關掉的手電筒放到固定的位置，扶著掀蓋，撥開頂棍。樹一手撐著蓋子正要下去，不經意地望向閣樓裡。那裡是一片被切割成三角形的陰暗空間，深處之所以微微地明亮，是因爲某處有空隙。閣樓各處的障礙物形成影子，黑黝黝地切割了那片幽光。旁邊有一道緩緩搖晃的影子，樹忍不住定住了。

那影子浮現在幽暗的三角形中央處，看起來正微微搖晃著，並緩慢地轉動——是一個垂著頭的人影。

「咦……！」

樹忍不住輕呼。他嚇一大跳，正要定睛細看，結果踩在梯子上的腳一滑。幸好只剩下兩階，撐著蓋子的手也沒放開，因此沒有碰撞出巨響，但差點摔落的驚嚇，和目擊到人影帶來的衝擊，讓他的心臟跳得飛快。他盡可能安靜但迅速地把蓋子蓋回去。手都放開了，蓋子卻沒有關好。焦急地一看，這也難怪，梯子還在壁櫥裡沒收，上邊卡住洞緣，讓蓋子無法合上。

——得把梯子收上去才行。

但必須先抬起蓋子，用頭頂撐住，才能放上梯子。也就是說，樹的頭會伸出閣樓，而關上採光小窗的漆黑閣樓裡，有黑色的人影。

樹盯著蓋子。梯子卡住的地方，蓋子浮起露出一條空隙。空隙間透出閣樓裡的黑暗。

——我不敢。

樹拆下梯子。蓋子發出輕微的一聲「啪噠」蓋上了。他把堆到一旁的被褥鋪回原狀，將取下的梯子塞進蓋被底下。關上紙門，跳下壁櫥——同時母親打開了房間紙門。

——那只是我眼花了。

樹花了三天，得出了這個結論。當天他實在不敢再次打開蓋子確認。不僅如此，他甚至害怕睡在壁櫥裡，久違地從壁櫥裡搬出鋪蓋，睡在榻榻米上。就算不是在壁櫥裡，也一樣恐怖。只要躺下，即使不願意，天花板也會映入眼簾。天花板撓彎，到處都是空隙。雖然空隙上方還有一層偷偷鋪上的地板，而且從縫裡什麼都看不見，但是空隙本身讓他覺得可怕得不得了。如果側躺避免看到天花板，就會意識到壁櫥。是不是有什麼東西，隨時都會從那個洞裡爬下來？

——不可能。

之前樹一直睡在壁櫥裡。不管在壁櫥裡還是閣樓上，都沒有發生過任何事。那個古怪的人影，他就只看過一次。既然如此，就跟什麼都沒有一樣。畢竟遇到怪東西的機率，才是小到不行。

樹這麼告訴自己，卻無法放鬆。實際上天花板的空隙裡看不到任何東西，壁櫥裡也沒有傳出怪聲，或冒出怪東西。

一旦放下心來，便開始懷疑起自己看到的東西。會不會只是不小心把閣樓裡的東西誤看成人影罷了？——不，看到人影這件事，或許根本是錯覺。樹漸漸覺得就是這樣，又回去壁櫥裡睡覺了。不過和以前不同的是，他一定會把枕邊的櫥門打開來。回到壁櫥睡覺的第二天，他鼓起勇氣掀開蓋子。他做好隨關上頂蓋的準備，把頭伸出閣樓，提心吊膽地轉向之前看到人影的方向。那裡就和那天一樣，是一片只有深處微亮的幽暗空間。各種障礙物在幽光中形成黑影。旁邊什麼都沒有。

——果然。

樹這麼想，終於將藏起來的梯子放回原位，卻還是不敢上去閣樓。總之確定什麼都沒有，他就滿意了，然後因爲父母吵架，他又開始在睡覺時關上櫥門了。父母原本都會克制避免眞的吵起來，但那天兩人似乎心情都很差。母親比平常更尖牙利嘴，向來把她的埋怨當耳邊風的父親抓住話柄，大聲怒吼：

「有什麼辦法？媽只有一個人，總得有人來幫她啊！」

「那個人是誰？再怎麼樣都不是你吧？」

樹想要逃離起居間的火爆空氣，躲進壁櫥裡。緊緊地關上紙門，咬住下唇。隔天母親對樹破口大罵。因爲他在起居間寫作業，沒有收拾就跑出去玩了。

「自己的東西自己收！你是嫌這個家還不夠髒亂嗎！」

聽到母親說這個家髒，樹覺得很傷心。

「才不髒呢……雖然舊是舊了。」

樹覺得雖然稱不上整潔，但髒和舊是不一樣的。

「夠髒了。」母親冷冷地說，「都是奶奶在家裡堆了一堆雜物，髒亂到沒法打掃。」

怎麼不丟掉一些？母親沒有對象地埋怨，但住院的祖母不可能整理。而且祖母會住院，也是因爲意外受傷，事發突然，那個時候她做夢也想不到兒子一家會搬來同住，所以自己家放滿自己的東西，不是理所當然的事嗎？樹這麼想。

他想著這些，趁著母親去醫院的時候，久違地放下梯子。一陣子沒上去的閣樓積了一些灰塵。

他打開窗戶，嘆了一口氣。

——何必講那種話。

一想到母親，就感到窒息，躲進閣樓裡就鬆了一口氣——樹對這樣的自己感到不可思議。只有家中無人的時候他才會上去閣樓，所以現在母親不在家。既然如此，就算待在下面的房間應該也是一樣的，但待在閣樓，心情上就輕鬆許多。

——雖然也不是討厭媽媽了。

母親的感受，大概就像現在的樹吧。也不是討厭父親或祖母了，可是就是感到窒息。

樹這麼想，望向堆在角落的紙箱。打造這塊小天地的叔叔，是不是也是一樣的心情？

——不過奶奶感覺並不囉唆。

如果樹在玩電動，祖母就會說「給我玩」。不管樹再怎麼指點，祖母都玩得很爛，可是還是很愉快的樣子。如果樹在看漫畫，祖母就會問「那好看嗎？」樹好幾次推薦說「超好看的」，可是不巧那些時候的樹只是盂蘭盆節連假和過年來玩，帶在身上的漫畫只有中間的集數。祖母笑道，「要我自己去買全套有點……」樹最愛這樣的奶奶了，但如果住在一起，祖母也會變得像母親一樣囉唆嗎？

——可是如果沒有理由，應該不會待在這種地方。

花這麼多時間和工夫，打造只屬於自己的場所。還是叔叔為人有些乖僻，所以想要躲起來？叔叔感覺不太喜歡跟人打交道，所以或許想要一個人的空間。父親也就罷了，但身爲么女的姑姑很聒噪。

——或許不是想要躲母親，而是想要躲妹妹。

樹打開紙箱。裡面是老舊的塑膠模型。獨子的樹不明白，但有弟妹的朋友都說弟妹會任意動自己的玩具並弄壞，很受不了。搞不好這就是理由。

樹拿起最大的船隻模型。

——把這個擺起來好了。

「……這是大和號嗎？」

雖然不清楚，但總覺得眼熟。仔細一看，其他的船隻好像也都是戰艦。爲數不多的飛機之一，大概是零式戰鬥機。

也有戰車，叔叔小時候喜歡這些東西嗎？樹想著，舉起大和號端詳——結果模型從手中掉下來了。因爲從下方仰望的船隻模型另一頭，有個黑色的人影。

人影浮在不怎麼遠的暗處中央。因爲呈現逆光，長相和穿著都不清楚，但大大地歪著頭，垂著頭似地浮在半空中。樹覺得人影面對著這裡。人影緩慢地左右旋轉般，搖晃著看著樹。

——不是眼花。

那個人影確實就在那裡——不，掛在那裡。雖然看不到繩索之類的東西，但顯然是上吊掛在那裡。雙手無力地垂下，雙腳微開伸直，一邊的腳就像斷掉一樣，小腿以下不見了。樹全身劇烈戰抖，半彎著腰，挪動膝蓋逃向洞口。目光無法從半空中搖擺的人影移開。摸索著找到洞口，把腳放下去尋找梯子。採光窗還開著，但他實在不敢回去關窗。

——得把蓋子蓋起來才行。

他伸手摸索頂棍，卻摸不到，只得收回視線看手邊。用發抖的手挪開頂棍，撐住蓋子——接著把視線移回去一看，人影就在閣樓洞口處。

人影用力地把臉伸過來。被小窗的光線照亮的臉，一邊眼睛是漆黑的洞穴。黑洞裡正不停地淌下血來。

樹見狀，尖叫一聲跳下來。蓋子在頭頂發出巨響蓋上了。他從敞開的紙門滾出壁櫥外面，爬著遠離，逃進起居間，「砰」一聲關上紙門。

眞的有！他想。不是錯覺，也不是眼花。想到這裡，他突然想起一件事。閣樓裡的模型玩具——那眞的是叔叔的東西嗎？閣樓會不會是那個人影的房間？

樹不想待在只有他一個人的家裡。他正想逃出家門，想起一件事。壁櫥的紙門還開著，梯子也還靠在壁櫥裡。

——得回去關起來才行。

不想回去，可是如果母親回來，會被發現。樹再也不想上去那個鬼閣樓了，所以就算被父母發現那個地方也無所謂。儘管這麼想，但這麼一來，他一直以來保密不說的事也會連帶曝光。只有這件事必須避免。

樹猶豫萬分，瞪著自己房間的紙門。他一次又一次在內心鼓舞自己，吆喝一聲，打開紙門。和室裡沒有人——什麼都沒有。狹小的房間裡，所有的一切都被傾斜的夕照染得微紅，僅此而已。房間的一側，壁櫥的紙門有一邊敞開著，可以看見堆滿東西的下層，和只放著棉被枕頭及陰暗空氣的上層。樹不自覺地屏住呼吸走近壁櫥，一邊保持距離，一邊窺看裡面。

沒有人。被子腳部捲起來，梯子就架在那裡。再靠近一點。梯子上面蓋著蓋子，就像之前那一次一樣，蓋子被梯子頂端卡住，出現黑暗的空隙。

——也得關上小窗才行。

那個窗戶的位置雖然隱密，但如果有人在後院剛好抬頭看，就會看見板牆上開了個洞。而且後院有老倉庫，儘管很少使用，但並非完全沒有人進出。

——沒事的。

雖然毫無根據，但一定沒事的。妖怪那些被人看到就會消失。所有的怪談故事裡都說，「定睛再看的時候，已經不見了」。

樹這麼告訴自己，挺直彎曲的腰。頭頂碰到蓋子。隨著身體站直，蓋子被抬起來了。

站起來的時候，他聽見呻吟般微弱的一聲「嗚嗚」。往旁邊一看，伸手可及的距離處，就是那張臉。

不停流下紅黑色液體的單邊眼窩，大張的嘴巴。那顯然是個男人，整個人趴在地板上，一隻手正要伸向樹。微微撐起的上半身，肚腹一帶也都是血，黏稠的液體滴滴答答淌在地上。

樹發出不成聲的慘叫蹲下去，蓋子「砰」一聲落下來。

——不行，我不敢上去！

他抓住梯子，插進蓋子的空隙裡似地塞進去，用力一推，頭頂的蓋子發出輕聲闔上了。可以看見閣樓的隙縫也消失了。

樹確定之後，逃離現場。他跳出壁櫥，衝出房間，奔出起居間，穿過走廊，一路跑出屋外。

跑到前院以後，他總算喘了一口氣。

——除非有人回來，否則我不敢回家了。

從此以後，樹再也不睡在壁櫥裡了。不僅如此，連在自己房間睡覺都覺得害怕，但他都已經六年級了，實在拉不下臉跟父母說「我想跟你們一起睡」，最後選擇的做法，是把房間靠起居間和父母房間的紙門都打開來。時值夏季，「很悶熱」的藉口派上了用場。不知不覺間，季節已即將進入梅雨。

「這是老房子，夏天很涼快——你爸這樣說，可是還是很悶熱呢。」

母親埋怨地說。

樹去探望祖母。祖母復健有了成效，感覺很快就可以回家了。

「以前更要涼爽一些的。」祖母在床上坐起來說。剛住院動手術的時候，她整個人消瘦蒼老，但現在表情變得明亮許多。

「到了傍晚，就會有河風吹來。但最近總覺得吹著涼風的時候減少了。」

「得現在就習慣暑熱才行。」母親對樹說，「因爲只有起居間和大和室有冷氣。」

樹在內心嘆氣。

「奶奶的房間是不是也應該裝冷氣？」

他懷著「我不要緊」的意思對祖母說，祖母笑道：

「房間到處都是縫，裝了冷氣也不會涼啦。我是老人家，不怕熱，反而是小樹才需要冷氣吧？」

聽到祖母這麼說，樹內心嚇壞了。要是裝了冷氣，就沒辦法開著紙門了。光是想到晚上得睡在關得緊緊的房間裡，他就覺得恐怖。

「我不用冷氣啦。」樹強硬地說，「不管這個，房子不用翻修嗎？如果奶奶回家，應該會很不方便吧。」

「是啊。」母親毫不起勁地笑著，帶著要洗的東西去清洗了。

「與其翻修，倒不如把房子拆了重蓋。」祖母也笑道。

「可是屋子裡到處高低不平。」

「是啊，因爲漫無章法地增建嘛。之前來修理廚房的師傅看了都很傻眼，所以與其改裝，或許拆掉重蓋比較快呢。」

「那就拆掉重蓋啊。」

「可是拆掉屋子，在新房子蓋好前，得先搬到別的地方住。家裡的東西也得整理。上了年紀，就會提不起勁處理這些事啊。」

「是喔……」樹應著，內心沮喪極了。其實他期待不管是改建還是重建，只要屋子變新，或許就不會再看到討厭的東西了。

「啊，可是小樹想要住新房子呢。也不能永遠都睡在壁櫥裡嘛。你很快就會長高，睡不下了。」

祖母說完，問：

「——壁櫥睡起來怎麼樣？」

「最近沒睡了。」

「不睡啦？」

樹點點頭。

「因爲很熱。」

他努力輕描淡寫地帶過，然後說：

「對了——叔叔小時候喜歡組裝模型嗎？」

祖母睜圓了眼睛愣住了。

「不喜歡。怎麼突然問這個？」

「沒有，問一下而已。」

祖母目不轉睛地看著樹問：

「我沒看過你叔叔做模型。他除了看書以外，沒別的興趣。你爸小時候倒是蒐集過鐵道模型，好像叫做N-Gauge的。」

「是喔。」樹自言自語，又問，「那奶奶的兄弟呢？」

祖母微微歪頭，問：

「——被你發現了？」

「咦？」樹驚呼。

「你說你睡在壁櫥裡，所以奶奶想說或許會被你發現。」

「……壁櫥上面？」

樹提心吊膽地問，祖母微笑說道：

「那是奶奶的祕密基地。」

「原來那是奶奶做的嗎？」

「是啊。」祖母說，調皮地豎起手指抵在唇上，「……模型玩具是奶奶的興趣。奶奶小時候喜歡組戰艦模型。可是在以前，女生做模型是很奇怪的事。像你曾祖父都罵我，說女生就要像女生，去玩扮家家酒。」

「曾祖父會罵奶奶嗎？爲什麼？」

「爲什麼呢？你曾祖父是個老古板，動不動就囉唆男人就該怎麼樣、女人就該怎麼樣。……不過這地方本來就是這樣的風氣，是個老街嘛。」

「是男尊女卑嗎？」

「也可以這樣說嗎？不過好像也有點不一樣。男人就該怎麼樣、女人就該怎麼樣的觀念很強。你奶奶小時候很頑皮，喜歡爬樹、在野外玩耍，大人都說這樣不好。我喜歡做木工，也很喜歡理科，可是大人說這樣太不像女孩子，不可愛。意思是女生不像女生、不可愛，是件壞事。」

「眞奇怪。」樹喃喃說，接著壓低聲音問，「……那裡……是不是有什麼？」

「有妖怪呢。」

「是嗎？果然有嗎？」

「有啊。」祖母笑道，「可是他不會做壞事。習慣就好了。」

「可是很可怕啊。」

「不用害怕啦。因爲正邦人很溫柔，很愛家。」

「——正邦？」

「閣樓裡的那個人。他雖然懦弱，可是性情溫柔，很愛家的樣子。不過奶奶也沒有見過他本人，只聽說過他的事而已。」

「奶奶沒有見過他嗎？」

「沒有。」祖母覺得好笑地笑道，「正邦是我的曾祖父的弟弟，也就是我曾叔公。」

祖母的曾祖父，樹完全無法想像。只覺得是古早以前的人。

「正邦的哥哥叫邦義，就是我曾祖父。對了，佛堂的遺照最左邊那一個就是邦義。沒有正邦的遺照。佛壇的冥簿裡有他的名字，可是沒有照片。」

「爲什麼？」

「不曉得耶。那時代不是什麼人都能留下照片，要不然就是因爲他是不幸過世的吧。」

「……他是上吊自殺的嗎？」

祖母點點頭。

「奶奶是這麼聽說的。因爲他哥哥邦義就像咱們家的長男，是個吊兒郎當的人。」

「長男就會吊兒郎當嗎？」

「對。你不用擔心，你爸是次男。上面本來還有個哥哥，不過小時候就過世了。」

祖母說完笑了：

「不過小樹是長男，要小心喔。」

「咦咦咦！」樹怪叫起來。

「唉，以前的人對長男特別寵溺嘛。或許就是這樣，把人給慣壞了。喏，奶奶的哥哥也是，被大人捧在掌心裡當寶，結果最後不得善終。」

「不得善終？」

「他是個典型的敗家子。借了朋友的車去飆車，結果飆上西天去了。」

原來是這樣嗎？樹心想。同時覺得祖母也有兄弟，有曾祖父，這個曾祖父也有弟弟，各有不同的個性——這些連綿不斷的人與人的關係，十分不可思議。

「哥哥邦義好像捅出過大婁子。」

「什麼大婁子？」

「不曉得到底是什麼事，奶奶也只聽說是大婁子而已。並不是犯罪那些的，可是聽說給某人惹了極大的麻煩，害對方非常生氣，甚至影響到家裡的生意。明明必須非向人家道歉不可，本人卻雲淡風輕，彷彿不關己事，然後正邦居間調解。」

正邦代替哥哥去向暴跳如雷的對方道歉，並試圖說服哥哥也去陪罪，但哥哥卻裝死不理。

「夾在中間的正邦感到自責，對對方抱歉得不得了，留下遺書說要以死謝罪，然後自殺了。」

因此對方也願意不計前嫌。此後家裡的生意順順利利，用賺的錢蓋了現在的房子。

「可是說到這個邦義，真的非常離譜，聽說他把正邦上吊的樹拿來蓋房子了。以前院子有棵大櫸樹，正邦就是在那棵樹上吊身亡的，可是邦義叫人砍了那棵樹，拿來當棟梁。親戚都罵他太不敬重死者，邦義卻滿不在乎，別人說什麼都當耳邊風，最後卻長命百歲，壽終正寢。嗳，這個世界真是不公平呢。」

祖母帶著苦笑嘆氣說：

「後來奶奶的祖父繼承家業，然後父親把公司搞到倒閉了。本來好像是家很大的製材所。」

「是喔……」

「我哥哥死得早，結果是你爺爺入贅繼承家裡，可是你爺爺這個人吊兒郎當到讓人懷疑根本是我們家的血統。你曾祖父雖然是會亂來，但你爺爺卻是個不管好壞，什麼事都不做的人。從這個意義來說，兩個人完全相反呢。什麼事都隨隨便便。」

祖母說到這裡，母親回來了：

「什麼隨隨便便？」

「在說爺爺的事。說他什麼事都嫌麻煩，隨隨便便。」

祖母說，母親哈哈笑道：

「爺爺連看醫生都懶嘛，明明整天都在喊胃痛。」

祖母說：

「就是啊。結果錯失治療的時機，丟了性命，所以是自做自受啦。」

「如果跌倒骨折的是爺爺，絕對不可能乖乖復健。」

「他絕對不會復健的。」祖母笑著說。

因爲母親回來，談話離題，無疾而終。

樹想問祖母上吊自殺的人，怎麼會是那副模樣？少了一隻眼睛、少了一隻腳，肚子也都是血。

——那眞的是正邦嗎？

去探望祖母的隔天開始下雨了。到了次日晚上，雨勢仍未停歇。好像有低氣壓接近，不時響起風的呼嘯聲。樹聽著雨聲和庭院樹木搖晃的沙沙聲，上床睡覺，但即使躺下來，注意力也都放在閣樓上。

閣樓裡的正邦。

確實，第一次看到的時候，人影就像上吊。

——可是，那個人少了一隻腳。一邊眼睛也沒了，還流著血……

變成黑洞的眼窩裡，紅黑色的血液流出臉頰。那黏稠的質地實在太驚悚了，讓樹無法想起另一邊的眼睛是什麼樣子。

另一隻眼睛好好的嗎？如果好好的，是怎樣的眼睛？樹正回想著，傳來一道細微的「滴答」聲，樹在被窩上僵住了。自己的枕畔——不是壁櫥，而是緣廊那一側，傳來液體滴落的聲音。

是窗外的雨水打在什麼東西上面的聲音嗎？一定是的。儘管這麼想，腦中卻不由自主地浮現眼窩——肚腹流血的某人身影。

沒事的——樹把視線轉向旁邊。橘色的燈光，是父親枕邊的檯光線燈。父親睡前躺在床上看書。腳邊也有微弱的燈光。母親去洗澡了，所以起居間留了一盞燈。

滴答——一道細聲。

閉上眼睛，反而會不停地想起可怕的情景，可是睜開眼睛看著幽暗的房間也一樣可怕。尤其是一看到天花板，就會不由自主意識到上方的閣樓。隔著一片薄板，擴展在另一頭的陰暗偌大空間。那裡飄浮著呈現黑影的某人，微微搖晃著，緩慢地旋轉——

樹用力閉上雙眼，想要甩開那情景。細微的一聲「滴答」。「滴答、滴答」的連續聲當中，隱約摻雜著「喀噠」的堅硬聲響。

那聲音和開關不順的紙門剛開始滑動時的聲音實在太像了。

樹一陣心驚。屏住呼吸睜開眼睛，陰暗的天花板躍入視野。垂掛在中央的電燈，亮著一顆小燈泡。那燈光實在是太微弱了，方形天花板的四角凝滯著昏黑。

「唰……」紙門在門檻上移動的聲音。樹屏著氣，連聲音都發不出來。他有所預感，膽戰心驚地轉頭，目光朝左邊的壁櫥移去。帶著黑框的紙門——應該緊緊地關上的紙門打開了一些。

樹開始發抖。想要別開目光，視線和腦袋卻動彈不得。父親就在隔壁，他卻發不出聲，也無法活動。紙門打開至可容一顆頭通過的寬度，透出壁櫥上層濃密的漆黑。

又一聲「滴答」。同時，一團幽白的東西從隙縫最上方緩緩地下降了。彷彿從天花板降下似地出現的，是一張人臉。那顆頭往下出現至眼睛一帶，窺看房間裡面。眼睛是什麼顏色？看不見表情。眼睛的部分籠罩在黑暗中，但還是看得出一邊的眼睛開了個更黑的洞。眼睛盯了樹一會兒，又繼續往下降。

臉冒出來了，脖子——胸口冒出來了，接著染上一片濕漉漉黑漬的肚腹冒出來了。鮮血淋漓的腹部，感覺隨時都會斷成兩截。成團的血塊掉落，同時軟趴趴的肉片也跟著掉落。

就在這時，傳來一道乾燥的「啪沙」聲。樹驚嚇吐氣，同時反射性地轉向聲音傳來的方向。轉過去的右邊，隔壁房間的父親正掀起被子爬起來。被檯燈照亮的父親的身影讓他覺得心安極了。

「——什麼聲音？」

父親說，來到樹的房間。樹還無法動彈，父親便大步走來了。

「你還沒睡嗎？我開個燈喔。」

父親說，穿過樹旁邊，打開房間大燈。過分刺眼的光線，讓樹差點哭出來。

父親環顧房間，打開樹枕邊的對外拉門。點亮緣廊的燈，掀開窗簾，看到戶外，輕呼了一聲。

外面有什麼嗎？樹總算撐起彷彿麻痺的身體望過去，父親正抬起一腳在看腳底。

「眞糟糕，漏水了。」

聽到父親的話，樹驚覺一件事。

——閣樓的窗戶。後來就沒有去關上。

如果是小雨，頂多只會稍微打濕地板，但傾盆大雨的話，風向不對，雨水就會灌進閣樓裡。從剛才開始，就不時聽見轉強的雨聲敲打著牆壁。大雨打進閣樓裡了——

「漏水漏得好嚴重呢。」

父親看緣廊，然後仰望天花板。樹坐起上半身看著，發現靠近窗戶的天花板上形成了一大片水漬，水滴不停地從那裡滴下來。緣廊也積出了一大灘水。滴落的水滴打在水面上，發出滴答聲響。

「眞是太慘了。」

樹聽著父親的喃喃自語，視線轉向壁櫥。一看到那裡，他忍不住叫了出來。聲音毫無預期地宛如慘叫。明明、絕對應該關緊的紙門，就像剛才看到的那樣，打開了一顆頭的寬度——空無一物的空間裡籠罩著淡墨色的陰影。

結果樹尖叫大哭，最後把閣樓的事一五一十全告訴父親了。父親——還有聽到尖叫聲跑來的母親雖然傻眼的樣子，但沒有他猜想得那樣生氣責罵。

「你一定是做夢了。」母親久違地柔聲安慰，「才沒有什麼怪物呢。一定是剛入睡做噩夢了。」

「不是！」樹搖頭，「眞的有。奶奶也知道。奶奶也說有。」

「奶奶逗你玩的啦。」父親這麼一笑置之，但是去醫院辦出院手續時，祖母本人證實說「有」。

「我不會逗小孩還是嚇小孩，正邦就在閣樓上。」

「……就算媽這樣說……」

父親爲難地搔著頭。

「正邦一直在那裡，只是你沒有看過而已。不只是我，你舅舅也看過。」

「唔……」父親沉默了。母親不知所措地交互看著祖母和樹。

「那眞的是正邦嗎？」樹問祖母，「正邦受了重傷耶。」

祖母怔住。

「重傷？」

「嗯。他少了一隻眼睛和一隻腳，肚子也感覺快要斷成兩半了。」

「咦！」祖母驚訝地說，「怎麼會？……那不是正邦。」

樹心想果然。

「可是……那會是誰？」

對於樹的疑問，沒有人能夠回答。

父親和母親都說世上沒有鬼，可是兩人本來想要查看閣樓，猶豫到最後卻還是罷休了。

「漏水應該是窗戶的關係……唔，最好趁這個機會請專業人士來看看。」

父親這麼說，母親也贊成。

父親說的「專業人士」在兩天後到來了。好像是父親請同事介紹的工務店再介紹的人。

「我說我兒子跟我媽說家裡有鬼，實在很毛，結果我同事就介紹那個人給我。」

「咦——你怎麼這麼跟人說？」母親似乎覺得目瞪口呆，「不過唔，奶奶跟小樹都說得那麼認眞嘛。」

母親正這麼說，門鈴就響了。去應門的父親領進家門的，是個還很年輕的男人。

「敝姓尾端，請多指教。」

男子說，彬彬有禮地向坐在起居間的祖母行禮。

「我們才是請多指教……也沒有去門口迎接，真是不好意思。我腳不方便。」

「您生病了嗎？」

「跌倒撞斷腰骨了。」

「好嚴重啊。」

「是啊。」祖母笑道，「漏水的地方是緣廊。不過我想應該是雨水從我以前開的洞打進來了。」

「聽說閣樓有個祕密基地？」

「對啊——小樹，你幫忙帶路吧。」

樹點點頭，指示壁櫥說「這裡」，打開紙門。

「在這上面。這邊的天花板可以打開。」

尾端點點頭，輕巧地爬到上層，沒有半點猶豫，直接抬起天花板。他從口袋掏出筆型手電筒，四下照了一陣。

「眞是太厲害了。」

他笑咪咪地回頭說：

「聽說是老奶奶打造的？一定費了一番工夫吧。」

「是啊，花了很久的時間。」祖母笑道。

「我上去看看。」尾端從腰間的工具袋取出像拖鞋的薄鞋子，穿上之後爬上閣樓。

片刻後他下來說：

「漏水應該是小窗打開的關係。不過應該一直都有一定程度的漏水，造成了滿大片的水漬。」

「哎呀。」祖母嘆氣。

「上面有誰嗎？我聽說好像有府上的祖先？」

尾端問得實在太沒什麼，祖母也理所當然地回答：

「對呀，像黑影一樣掛在那裡。我看過好幾次。」

「您不害怕嗎？」

「一開始會怕，但很快就習慣了。因爲也不會對我怎麼樣。」

「老奶奶眞是位女丈夫。」尾端笑道。

「一開始還是會怕，所以我去找姑姑說。結果姑姑告訴我以前家裡有個叫正邦的鬼魂，是我的曾叔公。姑姑沒有看過，不過姑姑的父親——我的祖父的兄弟姊妹好像有人看過。這個家裡的人，好像代代都把正邦當成類似座敷童子的守護靈。我姑姑當時的口氣，是這種感覺。」

「所以名字才會傳下來呢。」

「我弟弟也說他看過。不過不是在閣樓，是在底下的茶間。他在茶間睡午覺，忽然有人把他搖醒。醒來一看，鍋子都燒乾了，差一點就要失火了。他說一定是正邦救了他。」

「眞的嗎？」尾端感興趣地說，「所以他也會出現在閣樓以外的地方呢。」

「在閣樓看過正邦的，應該只有我一個吧。正邦會出現在屋中各處。有時候也會像提醒鍋子乾燒那次一樣，警告災難。」

「哦……所以才說像座敷童子。」

尾端說，忽然轉爲一本正經。

「然後……」祖母正欲繼續說下去，尾端卻用一句「抱歉」打斷，回到閣樓去了。

一會兒後他爬下來，前往起居間，探頭看起居間西側的祖母房間，納悶地歪起頭，輕拍房間北側的牆壁問：

「這面牆壁，是原本就有的牆壁嗎？」

「應該是……不，還是不是？」

拄著拐杖跟上來的祖母也不確定的樣子。

「這個房間本來是我祖父母的房間。祖母過世以後，祖父一個人睡，後來祖父病倒……」

說到這裡，祖母小聲說道，「對了」。

「我祖父住院以後，父親把這裡翻修過了。本來是更大的房間，記得好像是加裝了上去二樓的樓梯，所以房間變小了。」

說完後，祖母想起來似地用力點頭：

「對——加蓋二樓以後，我就打造了閣樓。因爲哥哥和弟弟有了二樓的新房間，卻只有我沒有自己的房間。」

「原來如此。」尾端附和著，繞到樓梯，探頭看旁邊的走廊。這條走廊完全是爲了通往廁所而設，途中有一道矮門板。剛好就位在樓梯底下。

「——這裡是什麼？」

「儲藏室。不過電燈壞了，很久沒有進去了。」

「方便看一下嗎？」尾端先徵求同意後，鑽進裡面。樹感到好奇，伸頭探看。樓梯下方天花板傾斜的部分，裡面似乎有一間細長的房間。內部塞滿了雜物，尾端的身影，只看得到浮現在手電筒燈光裡的影子。他用彷彿一隻巨眼的光圈照亮雜物、牆壁、天花板、腳下——然後折回來了。

「找到什麼了嗎？」

祖母問，尾端笑了：

「正邦先生好像眞的是個很好心的人。」

「什麼意思？」樹不解地問。

「你說正邦先生少了一條腿？」

「嗯——還少了一隻眼睛，然後身體也快斷成兩半了。」

尾端點點頭，環顧困惑地跟上來的幾個大人。

「這棟建築物最好拆掉重建，或是大加翻修比較好。」

尾端斬釘截鐵地說，照亮儲藏室深處。

「雖然被藏到古怪的地方去了，但我想那根柱子就是主柱。正邦先生過世的櫸樹。」

樹和祖母都伸長了脖子看，但可惜看不出尾端說的「那根柱子」是哪裡。

「應該是改建的時候刨掉的，柱子被刨得很細，而且拍打的聲音很輕，應該是被白蟻侵蝕了。所以隨時都有可能折斷。」

「咦！」父母和祖母都驚叫，「隨時都會折斷……？」

「正邦先生的身體看起來就像快斷成兩截，應該就是柱子快被蛀斷了。他應該是想要設法傳達窘狀吧。」

而且——尾端說：

「白蟻會由下往上蛀蝕木材。上面這麼嚴重的話，地板底下一定也是相同的狀況。我想柱子的根基應該都已經都被吃光了。」

「所以才會少了一隻腳……」

樹喃喃道，尾端點點頭。

「上面也是，支撐屋梁的重要部位的下方開了個大洞。上面的木材好像還沒有被蛀蝕，但重要的柱子本身已經所剩無幾。萬一遇到地震還是颱風，屋子一搖晃，絕對撐不住。」

「天哪。」祖母捂住嘴巴。樹想起自己看到的人影可怕的——淒慘的模樣。那是在表示支撐這個家的柱子，已經變成了那副慘況嗎？

樹雖然沒有房屋的知識，但也清楚主柱是屋子的核心，而這核心已經搖搖欲墜了。

「這個家……要倒了嗎？」

「是不會那麼容易就倒掉。」尾端對樹微笑，「不過，總之我會立刻加以補強。我先進行應急處理，至於接下來要怎麼辦，再請各位討論一下吧。」

後來大人如何商量，樹並未聽聞。尾端和工務店的人好像來討論過好幾次，最後決定把屋子拆除。不只是正邦的主柱，白蟻也蛀蝕了屋中各處。聽說也因爲亂無章法的增建改建，導致現有的房屋難以保留並加以活用。最後的結論好像是把屋子全拆了，夷爲平地，重蓋一棟大小合適的房屋最好。祖母想要保留正邦的主柱，但遺憾的是，工務店的人說已經沒辦法當做柱子使用了。

補強工程的時候樹也看到了，主柱在一樓天花板的位置歪曲，變成了「く」字型。

「眞是太對不起他了……」

祖母一次又一次撫摸補強前的柱子。樹攙扶著祖母，感到寂寞極了。

——之前覺得很害怕。

如果現在再看到，一定還是會怕得要命。

樹覺得自己沒辦法像祖母那樣，說「又不會害我」，滿不在乎。不過想到正邦要消失不見了，就感到寂寞。希望他能留下來——沒辦法留下來，讓人無比遺憾。

準備好木板和角材的尾端對這樣的樹和祖母微笑說：

「雖然沒辦法再當柱子了，但上面的木材還堪用。這是很好的櫸木，應該可以拿去做別的用途。」

聽到尾端的安慰，祖母說：

「如果換了個形狀，不再是柱子了，正邦還會留在這裡嗎？」

祖母的話讓樹嚇了一跳。差點斷掉的正邦是那副慘狀，要是形狀改變了，正邦會變成什麼樣子？他想。

「您希望他留在這裡嗎？」

「要是他不在了，會覺得寂寞啊。至少我會寂寞。」

「那樹同學呢？」尾端回望樹問。

——雖然會寂寞，可是還是會怕。

即使清楚不會爲害，但樹也不想要正邦的欅木用在自己的房間裡。如果能夠，希望能用在與自己無關的地方。自己不會踏進去的地方。尤其是晚上絕對不用靠近的地方。

雖然腦中這麼想，脫口而出的話，卻是連樹自己都沒有想過的：

「正邦……搞不好會變小。」

祖母愣了一下，很快地笑了：

「是啊。」

看到祖母的表情，樹希望正邦會繼續留下來。樹有父親和母親，有生下父親養大的祖母，更久更久以前有正邦。「家」就是由這些綿綿不絕的血脈打造出來的。

——樹覺得能這麼想，眞是讓人開心。

佐24／營繕師異譚之貳

原著書名／営繕かるかや怪異譚その弐
原出版者／KADOKAWA
作　者／小野不由美
翻　譯／王華懋
責任編輯／張麗嫺
編輯總監／劉麗真
總 經 理／陳逸瑛
榮譽社長／詹宏志
發 行 人／凃玉雲
出 版 社／獨步文化
城邦文化事業股份有限公司
104台北市中山區民生東路二段141號5樓
電話：(02) 2500-7696　傳眞：(02) 2500-1967
發　行／英屬蓋曼群島商家庭傳媒股份有限公司
城邦分公司
104台北市中山區民生東路二段141號2樓
網址／www.cite.com.tw
讀者服務專線／(02) 2500-7718；2500-7719
服務時間／週一至週五：09：30～12：00　13：30～17：00
24小時傳眞服務／(02) 2500-1900；2500-1991
讀者服務信箱E-mail／service@readingclub.com.tw
劃撥帳號／19863813
戶名／書虫股份有限公司
香港發行所／城邦（香港）出版集團有限公司
香港灣仔駱克道193號號1樓東超商業中心
電話／(852) 2508-6231　傳眞／(852) 2578-9337
E-mail／hkcite@biznetvigator.com
馬新發行所／城邦（馬新）出版集團
Cite (M) Sdn Bhd
41, Jalan Radin Anum, Bandar Baru Sri Petaling,
57000 Kuala Lumpur, Malaysia.
Tel: (603) 90578822
Fax:(603) 90576622
email:cite@cite.com.my
封面插圖／CLEA
封面設計／鄭婷之
排　版／陳瑜安
印　刷／中原造像股份有限公司
●2021（民110）12月初版
售價360元

ISBN 978-626-7073-02-5
978-6267-0730-4-9（EPUB）

國家圖書館出版品預行編目資料

營繕師異譚之貳／小野不由美著；王華懋譯. –初版. – 臺北市：獨步文化, 城邦文化事業股份有限公司出版：英屬蓋曼群島商家庭傳媒股份有限公司城邦分公司發行，民110.12
面；　公分. --（佐；24）
譯自：営繕かるかや怪異譚その弐
ISBN 978-626-7073-02-5
861.57　　110017368